KB077319

어쩌다, 한마디

어쩌다, 한 마디

사랑하는 이와 나누고 싶은 인생의 말

2021년 12월 20일 제1판 제1쇄 발행

글 조재도
펴낸이 강봉구

펴낸곳 작은숲출판사
등록번호 제406-2013-000081호
주소 10892 경기도 파주시 와석순환로 307, 1107-101호
전화 070-4067-8560
팩스 0505-499-8560

홈페이지 http://www.littleforestpublish.co.kr
이메일 littlef2010@daum.net

ISBN 979-11-6035-127-9 03810
값은 뒤표지에 있습니다.

※이 책은 충남문화재단의 지원을 받아 발간되었습니다.

사랑하는 이와 나누고 싶은

인생의 말

어쩌다, 한마디

조재도 글

작은숲

이 책과 관련하여 두 가지를 말하고 싶습니다.

하나는 모든 글이나 말은 넓게 보아 대화의 성격을 띠고 있습니다. 말을 하거나 글을 쓰는 사람은 누군가 듣고 읽어줄 것을 전제로 한다는 것입니다. 말은 그 자리에 듣는 사람이 있지만, 글은 누군가 읽어 줄 사람이 어딘가 멀리 있을 거라는 기대감으로 씁니다. 파울 첼란이란 독일 시인은 자신의 문학을 '유리병 편지'와 같다고 했습니다. 이 말은 자기가 쓴 글을 유리병 속에 넣어 바다에 띄우면, 언젠가 누군가의 마음의 해안에 닿아 읽힐

거라는 희망을 나타낸 것입니다.

이 책에 실린 글들도 유리병 편지와 같은 것들입니다. 언젠가 누군가가 여러 매체와 경로를 통해 한 말이 저에게까지 선물처럼 전해져 왔기 때문입니다. 신문이든 TV든 책이든 영화든 지하철에서 들은 말이든 가족 간의 대화든 아니면 저 혼자 조용히 있을 때 내면의 소로를 따라 올라온 혼잣말이든, 그런 말 한마디가 오랜 시간과 공간을 지나 저의 마음에 와 닿은 것입니다. 그렇게 저에게 와 저의 내면에서 또 오랫동안 곰삭으며, 제 삶을 깨우치고 이끌어준 등대와 같은 한마디입니다.

그러니까 저는 이 책에 실린 말들을 그야말로 '어쩌다' 만났다고 할 수 있습니다. 어쩌다라는 말에는 의지를 바탕으로 하는 필연보다는 뜻하지 않은 우연적 요소가 더 들어있습니다. 젊어서는 저의 삶에도 '반드시' '꼭' '절대로'와 같은 단정적인 색채가 진했습니다. 그러나 세월이 많이 흐른 지금에 이르러서는 그런 색채들이 그리운 존재의 흔적으로 남았을 뿐, 세상의 많은 일은 이 어쩌다라는 품 안에서 이루어진다는 생각입니다. 어쩌다 보니 사람이 태어나고, 어쩌다 보니 결혼이라는 것도 하고, 어쩌다 보니 무슨 일을 하다 죽는.

이 책에 인용된 말의 출처는 본문에 거의 밝혔습니다. 그러나 그러지 못한 것도 있는데, 그것은 그 출처는 기억나지 않음에도 오직 그 말 한마디가 제 인생에 강렬한 인상(영향)을 끼쳐 버려 둘 수 없어서입니다. 그렇게 여기 실린 말들은 제 인생의 디딤돌이 되어 삶을 통찰하는 지혜와 용기와 위안을 주었습니다. 한편 따로 출처를 밝히지 않은 글은 필자의 것임을 밝혀 둡니다.

책이라는 유리병에 담아 띄우는 이 편지가 누군가의 가슴을 만나 그곳에서 새싹을 틔웠으면 좋겠습니다.

조재도

차례

네가 알아서 하거라

사람에게 생명 다음으로 중요한 것은 무엇일까? '자율성'이 아닐까? 생명 다음으로라는 말이 있지만, 어쩌면 생명만큼이나 중요한 게 자율성일 것이다. 자율성이란 외부의 강압과 제약을 이기고 자기 삶을 주도적으로 살아가는 것을 말한다. 곧 누구의 힘이나 요구, 사상이나 이념 심지어 종교에조차 매이지 않고 자기 삶을 오롯이 자신의 자유의지에 따라 사는 것을 말한다. 덴마크의 철학자 키에르케고올은 이러한 사람을 '단독자單獨子'라고 했는데, 이는 신 앞에서마저 '홀로 존재하는 사람'이라는 뜻으로, 자율성을 실현하는 사람을 말한다.

자율성에는 책임이 따른다. 베어 하트라는 사람이 있다. 이 사람은 미국 오클라호마주 인디언 출신으로 심리학자이자 아메리카 원주민 교회의 전도사였다. 베어 하트는 『인생과 자연을 바라보는 인디언의 지혜』라는 책을 썼는데, 그는 이 책에서 아메리카 인디언이 명상을 통해 자연과 하나가 되어 가는 수행과정을 보여 준다. 그 책에 나오는 이야기이다.

> "내가 여덟 살 때 아버지는 마차와 쟁기에 말 묶는 법을 알려주셨다. 그리고 내가 열 살 때에는 8평방 킬로미터의 땅을 주면서 이렇게 말씀하셨다. 기르고 싶은 게 있으면 기르거라. 기르고 싶은 게 없으면 그냥 두어라. 토끼들이 와서 풀을 먹을 수도 있다. 그러면 토끼를 잡아서 먹을 것을 마련할 수도 있다. 네가 알아서 하거라."

네가 알아서 하는 것, 이것이 자율성이다. 이 말 속에는 말하는 이의 대상에 대한 무한한 신뢰가 들어 있다. 이제 너도 그만한 일에 대해 스스로 판단하고 일할 능력이 있으니 네 일은 네가 알아서 하라는 것이다. 물론 잘못되더라도 그에 대한 책임은 너에게 있다는 것이다.

자율성은 내적인 동기부여를 통해 길러진다. 그 일이 즐겁고, 의미가 있고, 성장에 도움을 주는 것이어야 한다. 즐겁다는 것은 하고 싶어서 하는 것이고, 의미가 있다는 것은 개인적이든 사회적이든 그 일이 어떤 뜻을 갖는다는 것이며, 성장에 도움을 준다는 것은 전인적 인간으로 성장하는데 거쳐야 할 단계를 거친다는 것이다.

지나친 참견과 간섭은 자율성을 떨어트린다. 빗자루 들자 마당 쓸라는 우리나라 속담이 있다. 자율성을 저해하는 아주 중요한 속담이다. 스스로 마음이 내켜 마당을 쓸려고 빗자루를 들었는데, 마침 늘 참견하고 명령하던 아버지가 너 놀지 말고 마당을 쓸라고 한다. 그 순간 스스로 하려던 열의가 식어 김이 팍 샌다.

우리는 흔히 통제와 자율 사이의 균형을 잘 잡아야 한다고 말한다. 부모와 자식 사이, 교사와 학생 사이, 직장 상사와 부하 직원 사이 통제와 자율의 균형을 미덕처럼 이야기한다. 그러나 이는 어디까지나 힘이 있는 자의 논리이며, 자율보다는 통제에 무게를 두는 말이다. 우리의 가정과 학교와 사회가 실제로 그렇지 않은가? 통제와 자율이 균형을 이루려면 갑과 을 사이의 발언권이 동등해져야 한다. 한쪽이 다른 한쪽을 향해 명령하는 시스템 속에서 통제와 자율이 균형을 이루기는 어렵다.

우린 얼마나 상대에게 자율성을 부여하는가? 또 외부의 어떤 것에 휘둘리지 않고 자율적으로 살아가는가? '홀로서기'란 곧 자율적 인간으로 존재하는 것이다.

음식뿐만 아니라
감정도 소화시킬
시간이 필요하다

음식은 말 그대로 먹고 마시는 것이다. 먹는 것에는 과일 채소 곡류 육류 등이 있고, 마시는 것에는 물 주스 우유 술 등이 있다. 이러한 음식물은 우리 몸에 들어와 소화되어 영양분을 공급해 생명을 유지하게 한다. 음식물이 소화되는 시간은 종류에 따라 다르다. 일반적으로 4-5시간 걸리는데, 물이나 과일류는 비교적 시간이 적게 걸리고, 지방이 많은 육류는 오래 걸린다.

음식물과 마찬가지로 사람의 감정도 소화시킬 시간이 필요하다. 감정은 어떤 일이나 현상과 관련하여 일어나는 마음이나 느끼는 기분이다. 긍정적인 감정과 부정적인 감정이 있다. 크게 보아 그렇고 그 안에는 여러 세분화 된 감정이 있다.

⊙ 긍정적인 감정 : 기쁨, 즐거움, 사랑, 감동, 그리움, 자신감, 호기심, 행복, 희망, 설렘, 기대, 든든함, 여유로움, 감동적임, 홀가분함, 열정적인, 재미있는, 편안함, 뿌듯함, 만족스러움, 자랑스러움, 관심 있는, 감사함, 용기 있는, 놀라움, 부러움…

⊙ 부정적인 감정 : 분노, 슬픔, 증오, 욕망, 권태, 수치심, 실망, 애증, 억울, 원망, 자괴감, 죄책감, 질투, 집착, 짜증, 불행, 절망, 두려움, 걱정, 괴로움, 좌절감, 외로움, 긴장, 우울, 안타까움, 지루함, 무서움, 공허함, 혼란스러움, 후회스러움, 억울함, 답답함, 당황함, 피곤함, 서운함, 미안함, 막막함…

어떤가? 이런 여러 감정에 휩싸여 우리는 인생을 살아간다. 긍정적인 감정보다 부정적인 감정이 우리에게 오래 남는다. 그 감정을 소화 시키는 데 시간이 더 오래 걸리기 때문이다. 어느 책에선가, 음식뿐만 아니라 감정도 소화 시킬 시간이 필요하다는 말을 만났을 때 내 눈이 휘둥그레 해졌다. 어쩜 이렇게 내 생각하고 똑같은 말을 했을까? 나는 비교적 감정을 빠르게 소화 시키지 못한다. 더욱이 어떤 일로 기분이 나쁘거나 괴로우면 그 감정이 오래 마음속에 남아 나를 괴롭힌다. 그런데 어떤 사람은 그렇지 않다.

예컨대 두 사람이 말다툼을 했다면, 나는 그 나쁜 감정이 마음에 오래 남아 있는데, 상대방은 "미안해" 한마디 말로 언제 그랬냐는 듯 그 감정에서 벗어나 있다. 그런 때 나는 그가 더없이 얄밉고 그래서 한 대 때려주고 싶다. 나는 자기 감정을 옷에 묻은 흙처럼 쉽게 털어내는 사람이 잘 이해되지 않는다.

앞에서 열거한 여러 감정을 불안, 슬픔, 분노, 행복으로 크게 나눌 수 있겠다. 불안은 종종 '만약'이라는 질문 형태로 우리에게 온다. 만약 그가 날 싫어한다면?, 만약 내가 그 시험에 합격하지 못하면? 같은 식이다. 슬픔은 특히 우리가 죽음이나 상실 이별과 같은 바꿀 수 없는 현실에 맞닥뜨렸을 때 일어나는 경향이 있다. 그리고 분노는 우리의 가치관과 같은 중요한 것이 공격받았을 때 일어나는 감정이다. 행복은 무언가를 얻는 것에 대한 긍정적인 생각에서 기인한다. 예컨대 친구에게 칭찬을 받거나 직장에서 승진하는 것 등이 행복을 유발하는 원인이 될 수 있다. 이 가운데 잘 못 다스릴 경우 가장 큰 낭패감을 가져오는 것은 '분노'이다. 분노는 휘발유와 같아서 잘못 관리하면 그 불길이 한순간에 인생 전체를 집어삼키기도 한다.

시간이 지나 감정의 찌꺼기가 씻겨 내려가 마음이 편안해졌을 때 사람들은 그 감정에서 비로소 벗어난다. 감정은 인생을 사는데 아주 중요하다. 따라서 평소 나쁜 감정에 대처하는 자기만의 노하우를 습득해 놓는 게 좋다. 특히 부정적인 감정에 대한 대처법을 평소에 훈련해야 한다. 나는 화가 나면 잠을 자기도 하고, 글을 써서 그 감정이 촉발된 사태를 정리하기도 한다. 평소에 명상을 통해 마음 근육을 단련할 필요가 있다. 아무리 바다가 잔잔해도 언제든 폭풍은 일어날 수 있다. 그럴 때 그 폭풍에 휩쓸려 떠내려 가지 않도록 평소에 대비해야 한다는 말이다.

움벨트

움벨트Umbelt라는 말은 각각의 동물이 움직이는 행동반경을 말한다. 움벨트라는 개념을 처음 사용한 사람은 에스토니아 출신 생리학자인 야곱 폰 웩스쿨이다. 우리나라에는 『떡갈나무 바라보기』라는 책에서 이 개념이 소개되고 있다. 객관적 환경을 나타내는 '벨트'라는 개념으로는 다양한 동물의 활동 세계를 설명할 수 없다는 문제의식에서 이 말이 쓰이고 있다. 예를 들어 개미와 벌과 인간의 움벨트는 서로 다르다. 개미에게 활짝 핀 꽃은 별 의미가 없다. 어쩌면 먹이를 구하는데 귀찮게 피해가야 할 대상일지도 모른다. 그러나 벌은 다르다. 벌은 꽃에 있는 꿀을 먹고 살기 때문에 벌에게 꽃은 없어서는 안 된다. 인간은 개미나 벌과 또 다르다. 인간은 꽃을 감상하여 미적 만족을 얻기 때문에, 개미에게처럼 꽃이 귀찮지도, 또 벌처럼 꽃 속의 꿀을 먹고 살지도 않는다. 이렇듯 모든 생물은 자연계에서 서로 충돌하지 않고 사는데 그것을 움벨트라고 하며, 개미는 개미대로 벌은 벌대로 인간은 인간대로의 움벨트가 있는 것이다.

이렇게 본다면 모든 생물에겐 나름의 움벨트가 있다. 그리고 인간 세계의 움벨트는 수많은 생명들의 움벨트 가운데 하나가 된다. 그런데 여기서 우리는 '인간'이라는 세계에 좀 더 초점을 맞추어 생각해 보자. 현미경을 보듯 인간 세계를 들여다본다면, 인간이라는 군집을 이루고 있는 각 개인의 움벨트 역시 다 다르다는 것이다. 이 점은 부부나 가족에게도 나타난다. 우리 집의 예를 보자.

우리 부부는 아파트에 산다. 집에 있을 때 나와 아내의 행동반경이 서로 다르다. 우리 집에서 나의 동선動線은 내

방과 화장실 그리고 식사할 때 주방에 나가는 정도이다. 아내는 아내대로 나와 겹치지 않는(충돌하지 않는) 동선이 있다. 30년 넘게 살아온 우리 부부의 경우 한 공간에서의 움벨트가 이렇게 다르다.

자, 그렇다면 행동만 그럴까? 의식도 그렇지 않을까? 이 말은 결국 모든 인간뿐만 아니라 생명체는 '따로 또 같이' 존재한다는 것이다. 따로 또 같이를 결정하는 것은 '거리'이다. 거리 두기가 그래서 필요하다. 사물과 사물 간에 적당한 거리 두기가 없으면 영원히 멀어지거나 아예 흡수되어 버린다. 거리 두기는 동등함을 전제로 한다. 부부 사이, 부모와 자식 사이, 친구 사이, 연인 사이, 인간과 자연 사이, 죽은 사람과 산 사람 사이, 인간과 신 사이의 거리가 적절히 확보되지 않으면 관계라는 게 있을 수 없다.

친한 사이일수록 거리 두기가 필요하다.

거리 두기는 동등함을 전제로 한다.

친한 사이일수록 거리 두기가 필요하다.

내가
듣기
싫잖니

나는 초등학교를 일곱 살에 들어갔다. 그 당시 버스도 안 다니는 시골에서 일곱 살에 학교에 들어간다는 것은 아주 드문 일이었다. 나는 어느 날 아침밥을 먹고 오늘은 어디 가서 신나게 놀까 궁리하며 집을 나섰다. 그런데 이게 웬일인가? 어제까지만 해도 골목에 바글대던 아이들이 하나도 안 보였다. 이상했다. 얘들이 다 어디 갔지? 눈알을 뚜릿뚜릿 굴리며 찾는 내 발걸음은 어느덧 마을 입구에 있는 학교로 향하고 있었다. 그곳에서 우렁우렁한 마이크 소리가 났고, 나는 그 소리가 나는 쪽으로 이끌려 갔던 것이다. 그날이 바로 우리 마을에 있는 학교 입학식 날이었다.

나는 아이들이 서 있는 줄 맨 뒤에 가 섰다. 마이크 소리가 귀에 쨍쨍 울렸다. 날이 추워 집에 가고 싶었으나 그럴 수 없었다. 내 친구들이 거기 있어서였다. 입학식이 끝나고 담임 선생님이 입학서류에 있는 아이들을 하나하나 확인하며 뒤로 오고 있었다. 그러다 맨 뒤에 서 있는 나와 딱 마주쳤다. 넌 누구니? 이름이 뭐니? 왜 여기 와 있니? 그때 나는 내 이름 석 자를 또박또박 말했다. 그랬더니 담임 선생님이, 네 이름은 여기 없으니 집에 갔다 내년에 오라고 했다. 나는 그럴 수 없다고 했다. 내 친구들이 여기 있어서 나도 같이 있어야 한다고 했다. 순간 담임 선생님 얼굴이 난감하게 일그러졌다. 나는 무작정 떼를 써 교실까지 따라 들어갔고, 친구들과 똑같이 입학식 첫날을 학교에서 보냈다. 다음날 아버지께서 학교에 오셨고, 나보고 학교 다니고 싶냐고 물으셨다. 나는 그렇다고 했다. 그런 일이 있은 후 나는 학교에 입학하게 되어 학교에 다닐 수 있었다. 이렇게 나는 초등학교를 내 발로 걸어가 친구들과 같이 있어야 한다는 생각에 입학했던 것이다.

내 친구들은 나보다 나이가 두세 살씩 많았다. 그러다 보니 나는 형이나 누나 뻘 되는 아이들과 같은 학년이 되어 학교에 다녔다. 학년이 같으니까 우린 당연히 친구였다. 나하고 나이가 같거나 나이가 많아도 늦게 학교에 온 아이들은 모두 내 후배가 되었다.

그렇게 입학한 학교를 나는 5학년까지 다니다 서울로 전학을 갔다. 내가 서울에서 학교에 다닐 때, 내 초등학교 동창들은 학교를 졸업하고 대처에 나가 돈을 벌었다. 시골에 남아 농사짓는 친구도 있었지만, 서울에 있는 가발공장이나 철공소 같은 데에서 기술을 배우고 돈을 벌었다. 나는 그 친구들을 방학이나 추석 설 같은 명절 때 시골에서 만날 수 있었다. 나는 학생이었지만 그들은 관광버스를 대절해 타고 내려온 멋쟁이들이었다. 남자든 여자든 온갖 멋을 다 부리고 '서울 사람'이 되어 동네 골목을 밤늦도록 휘젓고 다녔다.

그 친구들이 우리 집에 오면 어머니는 꼭 존댓말을 했다. 다른 친구들 엄마는 안 그러는데 우리 엄마는 친구들에게 말을 높였다. 내가 이상해서 물었다. “엄마는 왜 내 친구들한테 존댓말을 해?” 그러자 엄마가 말했다. “혓바닥 한 번 더 꼬부리면 되는 걸 왜 듣기 싫게 반말헌다니?” 그래서 내가 다른 엄마들은 안 그렇다고 하자, “반말하면 내가 듣기 싫잖니?”

내가 듣기 싫다? 말을 해서 남이 듣기 싫은 것보다 먼저 내가 듣기 싫다니. 사람 사이 생기는 여러 문제의 원인은 거의 말 때문이다. 상대가 누구든 말을 높여서 손해 보거나 나쁠 일은 없다고 본다.

행동 DNA

『초격차』라는 책을 읽었다. 삼성전자 회장을 역임한 권은현 씨가 쓴, 리더와 조직 운영에 관한 책이다. 조직을 꾸려가는데 리더의 역할이 어떠해야 하는가를 다룬 책이다. 그 책에 '행동 DNA'라는 말이 나온다. 처음엔 무심히 지나쳤는데 의미가 깊은 것 같아 다시 찾아보았다. 보통 DNA라고 하면 단백질과 함께 염색체를 형성하며 유전자의 본체를 이루는 물질을 말한다. 생명이 있는 물체에 유전정보를 내장하고 있는 생물학적 물질이 DNA인 것이다.

그런데 지은이는 '행동 DNA'라고 했다. '행동 DNA', 그게 뭐지? 그냥 DNA가 생명체와 관련된 것이라면 '행동 DNA'는 인간의 행동, 품위, 자질, 본성과 관계된 것을 말하나? 맞는 말이었다. 글쓴이는 리더의 자질을 내적 덕목과 외적 덕목으로 나누어 말하는데, '행동 DNA'는 두 가지 덕목 중 더 중요한 내적 덕목에 해당한다고 하였다. 그 내적 덕목이란 진솔함, 겸손, 무사욕無私欲이고, 외적 덕목은 통찰력, 결단력, 실행력, 지속력이다. 그러니까 지은이는 리더에 필요한 가장 중요한 항목이 내적 덕목인 진솔함, 겸손, 무사욕이며 이 세 가지를 포함하여 사람의 행동에 영향을 미치는 것을 '행동 DNA'이라고 말하는 것이다.

"모든 상황을 객관적으로 판단하고 자신의 유불리에 상관없이 솔직하게 이야기할 수 있는 진솔함, 자기에게 부족한 점이 있으면 누구에게라도 배울 자세가 되어 있어 늘 예의 바르게 행동하는 겸손, 개인적 이익을 취하기 위해 절대 부정한 행동을 하거나 편법을 사용하지 않는 무사욕. 리더에게는 이 세 가지 덕목이 기본으로 갖춰진 후에 다른 외적 덕목이 더해져야 한다."

그렇다면 이 '행동 DNA'는 언제 어떻게 형성되는 걸까? 글쓴이는 그것이 청소년기라고 말한다. 그는 자신이 만난 숱한 사람들을 관찰하면서, 어떤 환경에서 청소년기를 보냈는가에 따라 훌륭한 리더가 될 수 있는 자질을 가질 수 있다고 한다. 집 안이 화목하고 평화로운가, 어떤 환경에서 어떤 교육을 받고 자랐나, 어떤 스승이나 멘토를 만났나, 인생에서 무엇을 가장 중요한 가치로 여기는 집 안에서 자랐나 하는 것들이 그 사람의 인격이 형성되는데 바탕이 되어 내적 덕목을 형성하고, 그것이 '행동 DNA'에 각인된다고 한다.

청소년기를 평화롭게 보낸 사람이 성인이 되어서도 스트레스에 강하며, 여러 방면의 리더로서의 자질을 갖게 된다는 것을 여러 책이나 연구 결과에서 확인할 수 있다. 나는 인생에서 유년기는 집터와 같고 청소년기는 그 집의 대들보와 같다는 생각을 한다. 한 사람을 집에 비유했을 때

그만큼 유년기와 청소년기가 중요하다는 것이다. 인간의 기본적인 '행동 DNA'가 갖춰지는 시기도 이 시기라는 것이다.

5리를 가자거든

아랫글은 예전 중학교 국어 교과서에 실려 있던 글이다.

유비가 새로운 선생님을 만나 뵈러 길을 가고 있었다. 얼마를 가니 제법 넓은 개울 하나가 앞을 가로막았다. 주변을 둘러보았지만 배도 사공도 없었다. 할 수 없이 유비는 신을 벗고 바지를 걷은 채 물을 건너기 시작하였다. 물은 매우 차가웠고, 또 꽤 깊었다.

유비가 겨우 물을 건넜을 때, 뒤쪽에서 어떤 노인의 목소리가 들렸다.

"거기 귀 큰 놈아! 나를 건네 주어야지. 사공도 없는데 어떻게 건너란 말이냐."

마치 유비가 배를 없애기라도 한 듯한 말투였다. 유비는 갈 길도 멀고, 노인의 말에 화가 나기도 했다. 그러나 기왕에 젖은 몸이니 좋은 일 한 번 하자는 생각에서 유비는 노인 쪽으로 건너왔다. 노인을 업은 유비는 다시 물을 건너기 시작했다. 노인이지만 업고 물을 건너기는 매우 힘들었다.

겨우 강기슭에 도착한 유비가 인제 갈 길을 가려는데, 노인이 다시 화를 내는 것이었다. 짐을 저 쪽 강기슭에 놓고 왔다는 것이었다. 마치 유비가 잘못해서 짐을 놓고 왔다는 식의 말투였다. 유비는 화가 났지만 "제가 강을 건너서 짐을 갖다 드리지요."라고 말했다. 그러나 짐을 가지러 돌아서는 유비에게 "네가 어딜 가서 찾는단 말이냐. 잔말 말고 나를 업어라."하는 노인의 말이 들려 왔다.

유비는 잠시 생각한 후에, 노인을 업고 묵묵히 다시 물을 건넜다. 짐을 찾고 겨우 강을 다시 건너서 이 쪽 언덕에 도착하자, 노인이 웃으며 유비에게 물었다.

"처음 나를 업어 준 것은 그렇다치고, 짐을 가지러 가자고 했을 때는 가 버릴 수도 있었는데, 왜 다시 강을 건넜느냐? 무엇을 바라고 한 번 더 수고로움을 참았더냐?"

그러자 유비가 말했다.

"그 때 제가 화를 내고 돌아가 버리면 어르신을 업고 강을 건넌 처음의 수고마저도 의미가 없어집니다. 그러나 잠시의 어려움을 참고 한 번만 더 강을 건너면, 제 노력은 두 배의 의미를 갖게 될 것입니다. 이미 들인 수고마저도 의미 없이 만드는 것과 한 번 참아서 두 배의 의미를 얻는 것에 대해 생각해 보았습니다."

『삼국지』에서 유비는 인군仁君의 전형으로 묘사된다. 윗글에서도 유비의 어진 성품이 그대로 드러난다. 그런데 어질긴 어질되 단순히 어질기만 한 것이 아님을 우리는 이 글의 맨 마지막 문장에서 알 수 있다. 유비는 이미 자신이 베푼 선행의 의미가 헛되지 않도록, 다시 말해 처음 선행이 그다음 선행에 이어 쌓이도록 노인을 업고 세 번이나 강을 건넜다. 보통 사람 같으면, 뭐야 이 늙은이?, 하며 짜증을 냈겠지만, 유비는 그러지 않고 노인의 말대로 하여 인仁과 덕德을 쌓은 것이다. 성서에도 이와 비슷한 의미의 말이 나온다. 누가 5리를 가자 거든 10리를 가 주어라, 달라는 사람에게 주고 사람의 정을 물리치지 말아라, 라는 말이 그것이다.

5리를 가자는데 10리를 가 주는 사람을 누가 존경하고 따르지 않겠는가.

인생은
점에서 점으로
이어진다

2005년 애플 창시자인 스티브 잡스는 미국의 명문대학인 스탠포드대학 졸업식에서 연설을 했다. 미국은 전통적으로 대학 졸업식에 유명인사를 초빙해 연설을 듣는데, 스티브 잡스의 연설도 그에 따라 한 것이다. 이 연설에서 잡스는 자신의 출생과 성장에 대해, 사랑과 실패 그리고 죽음에 대해 이야기했다. 그 이야기의 골자는 남을 위한 인생을 살지 말라는 것이다. 그의 연설문은 명문으로 알려져 많은 사람들이 원어로 외우기도 했다. 특히 연설문 뒷부분에 있는, Your time is limited, so don't waste it living someone else's life.

(여러분에게 주어진 시간은 유한합니다. 남의 인생을 사느라 그 시간을 낭비하지 마십시오)와, 마지막 인사말로 한 Stay hungry, Stay foolish!(항상 갈망하라, 우직하게 나아가라!) 이 문장이 사람들의 주목을 받았다.

그런데 나의 눈길을 오래 잡아끈 것은 그게 아니라, "인생은 점에서 점으로 이어진다"라는 문장이었다. 스티브 잡스는 이 문장을 자신이 대학 1학년 때 배운 서예가 나중에 개발하게 되는 컴퓨터의 서체 개발에 결정적인 영향을 미쳤다며, 다음과 같이 말했다.

> "우리는 미래를 보며 점을 이을 수 없습니다. 우리는 과거를 보며 그 점을 이을 수 있을 뿐입니다. 때문에 우리는 이 점들이 언젠가 연결이 된다는 것을 믿어야 합니다. 훗날 그 점들이 이어진다는 것을 믿는다면, 그것은 여러분의 마음에 자신감을 줄 것입니다. 때론 험한 길로 우리를 이끌기도 하겠지만, 그것은 여러분의 모든 변화를 만들어냅니다."

점이란 뭘까? 원문을 찾아보니 'dot'으로 나와 있다. 인터넷 주소에서 쓰이는 점 그 '닷'이다. 닷은 오뚝하게 솟은 돌기로 외부 세계와의 단절을 의미한다. 이전과 이후를 가르는, 지금 현재 도올하게 솟은 것이다. 그런데 스티브 잡스는 인생을 오뚝하게 솟은 돌기인 점과 점이 이어지는 거라고 한다. 그러니까 현재 하는 모든 일(경험)은 모두 내 안에서 만나 서로 이어진다는 것이다. 잡스는 이 이야기의 예를 자신이 컴퓨터 서체를 개발할 때의 경험을 통해 들려준다. 10년 전에 배웠던 서예에 대한 지식 혹은 경험이라는 '닷'이 10년 후인 현재 컴퓨터의 서체 개발이라는 '닷'과 이어진다는 것. 그와 같이 인생에서 경험하는 많은 '닷'들이 나중에 서로 이어짐을 우리는 믿어야 하며, 그것을 믿을 때 우리는 마음에 자신감을 가질 수 있다는 것이다.

지금 내가 하는 일들이 언젠가 다른 어떤 일과 만나 내 인생을 형성할지 모른다는 말을 스티브 잡스는 인생은 점에서 점으로 이어진다고 표현한 것이다. 오늘 내가 하는 일이 앞으로 내가 할 일과 서로 연결되어 만난다면, 그 인생은 행복한 인생이다. 지속 가능한 삶을 살았으니까.

선의善意

선의는 말 그대로 '착한 마음'이다. 반대는 악의惡意 곧 나쁜 마음이다. 뉴스를 보면 숱한 사건 사고를 접하게 되는데, 선의보다 악의에 의해 저질러진 일들을 더 많이 보도하는 것 같다. 이는 아마도 험악한 사건을 보도함으로써 시청자들에게 경각심을 불러일으키도록 하려는 일종의 뉴스의 자정 기능 때문이 아닐까 한다.

그런데 실제로 우리 사회에는 악의보다 선의에 의해 일어나는 일들이 더 많다. 그렇지 않다면 우리 사회는 악행의 소용돌이에 휘말려 사회생활 자체가 어려울지도 모른다. 나는 풀 한 포기 돌 한 조각 같은 작은 사물에서부터 가족 지역사회와 국가 자연 우주 사이에도 이 선의가 작용하고 있다고 생각한다. 예전에 그런 생각을 「선의善意」라는 시로 표현해 본 적이 있다.

오늘도 둥지를 틀도록
나무는 새에게 손가락 세 개를 내어주고
잠든 고양이 깨지 않도록
기척을 줄이며 어린아이가 발걸음을 걷는다
사람에게 선의가 있다는 게 얼마나 다행인가
선의가 악의보다 조금 더 많다는 게 얼마나 고마운가
싸우지 않고 서로 잘되기를 바라는 것
마당에 참새들이 날아와 반짝거려 준다는 것
언제부터 나는 이런 선의 속에 살았나

우리 몸속의 세포 같은 작고 미세한 것에서부터 인간과 자연 세계의 모든 것과 광활한 우주에 이르기까지 '선의'의 힘이 작동하여 각각의 사물은 조화를 이루는데, 그 조화로운 힘에 의해 모든 것은 지속 가능한 질서 체계에 놓이게 된다. 이 지속 가능하게 하는 궁극의 힘이 곧 선의일지 모른다. 선의는 어떤 일이 이루어지게 하는 좋은 기운이다. 지구가 스스로의 힘으로 자전하여 낮과 밤이 바뀌는 것도, 또 그렇게 자전하면서 태양의 둘레를 일 년에 걸쳐 돌아 사계절을 연출하는 것도 지구와 태양 사이에 작동하는 선의의 힘에 의해서일 것이다.

선의에 대해 생각함은 인생을 낙관적으로 보게 한다. 궁극적으로 언젠가 일은 이루어지게 되어있다는 믿음을 선의에서 얻을 수 있니까. 선의에 대해 깊이 생각함은 크고 작은 스트레스를 견디게 한다. 인생을 대하는데 여유를 갖고 조바심치고 발버둥치지 않게 한다.

지칠 때까지 일하지 않는다

나는 무슨 일을 할 때 내 힘의 80%까지만 써서 하려고 한다. 예를 들어 운동을 해도 그렇다. 팔굽혀펴기 백 개를 해야겠다 하면 80개만 한다. 글도 마찬가지. 오늘 30매를 써야겠다고 마음먹으면 25매 정도에서 그친다. 더 할 수 있는 힘이 남았더라도 그 정도 선에서 멈춘다. 일상의 거의 모든 일에서 나는 이 '80% 철학'을 지키려 하고 있다. 오늘 못한 나머지 20%는 다음으로 미뤄 둔다. 80%의 철학이 내 삶의 기본 철학이다. 그렇다고 오늘 할 일을 내일로 미루는 것은 아니다. 오늘 할 일은 오늘 한다. 꾸준히 지속해서 그 일을 마칠 때까지 한다. 다만 오늘 하는 일에 80% 철학을 적용한다는 말이다. 한 번에 모든 힘을 쏟아부어 기진맥진하지 않기 위해서다. 스스로 나를 보호하고 아끼기 위한 방편이다.

그런데 신영복 선생은 이에 대해 70% 철학을 강조하신다. 선생의 책 『강의』를 읽다가 나는 70%를 이야기하는 대목에서 한편 반가웠고 한편 의아했다. 반가운 일은 선생의 글에서 나의 80% 철학을 발견한 일이고, 의아한 것은 나의 기준은 80인데 선생은 70으로 본다는 거였다. 선생의 말을 직접 들어보자.

> "자리도 마찬가지입니다. 난 그 자리가 그 사람보다 크면 사람이 상한다고 생각합니다. 그래서 나는 평소 70%의 자리를 강조합니다. 어떤 사람의 능력이 100이라면 70 정도의 능력을 요구하는 자리에 앉아야 적당하다고 생각합니다. 30 정도의 여유가 있어야 한다는 생각입니다. 30 정도의 여백이 있어야 한다는 뜻입니다. 그 여백이야말로 창조적 공간이 되고 예술적 공간이 되는 것입니다. 반대로 70 정도의 능력이

있는 사람이 100의 능력을 요구받는 자리에 앉을 경우 그 부족한 30을 무엇으로 채우겠습니까? 자기 힘으로 채울 수 없습니다. 거짓이나 위선으로 채우거나 아첨과 함량 미달의 불량품으로 채우게 되겠지요."

결국 함량 미달인 사람이 그 자리에 앉게 되면(그 일을 하게 되면), 자기도 망가지고 자리도 보전할 수 없게 된다는 것이다. 자기 역량을 벗어나 무리하다 보면 일도 사람도 자리도 그르치게 됨을 말한 것이다. 『채근담』에도 이런 구절이 있다.

"일마다 얼마쯤 여유를 두어 다하지 않는 뜻을 남기면 문득 조물주라도 나를 미워하지 못할 것이요, 귀신도 나를 해치지 못하리라. 만약 일마다 반드시 가득 차기를 바라고 공功마다 완전하기를 바라는 사람은 안에서 변고가 생기지 않으면 밖의 근심이라도 불러들이게 되리라."

나는 '올인'이라는 말을 싫어한다. 요즘엔 영혼까지 끌어모은다는 '영끌'이라는 신조어도 생겨났다. 자기에게 있는 젖 먹던 힘까지 짜낸다는 말인데, 참으로 위험천만한 말이다. 이런 말을 써야 하는 우리 사회가 개탄스러울 뿐이다. 그렇게 해서 뭘 어쩌겠나? 번 아웃 되어 나가떨어질 일밖에 더 있겠나?

여유가 있어야 앞으로 나아갈 수도 뒤로 물러날 수도 있다. 무슨 일이든 지칠 때까지 하지 말아야 한다.

무슨 일이든 지칠 때까지 하지 말아야 한다.

사랑할 수 없다면
그냥
두어라

사랑이란 무엇일까? 다 알 것 같은데 말로 정의하기는 쉽지 않다. 사랑? 가수 나훈아 씨의 노래 가운데, 사랑이 무어냐고 물으신다면 눈물의 씨앗이라고 말하겠어요, 라는 말이 생각난다. 이때 사랑은 남녀 간에 하는 연애 정도 되겠다. 사랑은 물론 연애를 포함한다. 그러나 연애만 의미하는 것은 아니다. 사랑이란 뭘까?

에리히 프롬은 『소유와 존재』라는 책에서 인간의 생존 양식을 '소유 양식'과 '존재 양식'으로 구분하였다. 소유 양식이란 재산 지식 사회적 지위 권력 등 소유에 전념하는 것이고, 존재 양식은 자기 능력을 능동적으로 발휘하여 삶의 희열을 확신하는 것이다.

소유 양식의 삶에서는 '더 많이, 더 크게, 더 높게' 소유하는 것이 유능한 인간으로 인정받는다. 우리 사회의 주류적 가치가 바로 소유 양식의 삶이다. 그런데 프롬은 소유를 줄이는 만큼 존재 양식이 나타난다고 하였다. 즉, 소유의 집착에서 벗어날수록 '존재하는 삶'을 살게 된다고 한다. 이 말은 '더(플러스)'에서 '덜(마이너스)'로 가치관이 바뀌어야 한다는 것이다. 소유가 행복을 보장하는 것이 아니라, 오히려 소유로 인하여 삶이 불행해지기 때문이다.

이 세상 어느 부모도 자식을 사랑하지 않는 부모는 없다. 부모는 자식에게 흔히, 이게 다 너 잘되라고 하는 말이다, 라며 훈계하고 간섭한다. 부모뿐만 아니라 학교의 교사도 사정은 마찬가지이다. 그런데 우리는 다음과 같은 문제를 그냥 지나쳐서는 안 된다. 통계청과 여성가족부가 발표한 '2020 청소년 통계'를 보면 청소년(9-24세) 사망 원인 1위는 2011년부터 자살이며, 지난해에는 827명이 스스로 세상을 떠났다. 자살 원인은 단연코 학교 성적과 진학 문제다. 지난해 중고생 10명 중 3명은 생활에 지장이 있을 정도로 슬픔이나 절망감을 느낀 것으로 나타났다. 고등학생(29.4%)이 중학생(26.9%)보다 높고, 여학생은 3명 중 1명(34.6%)이 남학생(22.2%)보다 우울감을 훨씬 많이 느꼈다.

하루 여가 시간이 두 시간도 채 되지 않는 학생이 전체의 43.4%를 차지하는 상황에서, 청소년들은 갈 곳이 없다. 그야말로 갈 곳 없는 청소년들이다. 그런데 어른들은 사랑이란 이름으로 아이들을 통제하고 간섭하고 억압한다. 소유 양식에 길든 어른들이 아이들을 간섭하고 억누른다. 그건 사랑이 아니라 집착이다. 아이를 사랑한다면, 내 자식을 내 뜻대로 한다는 소유의식에서 벗어나, '나 – 너'의 존재 관계로 바뀌어야 한다.

중국 당나라 때의 시인 유종원이 쓴 「종수곽타타전」이라는 글이 있다. 아이 기르는 일을 나무 심는 일에 비유한 이 글에 다음과 같은 구절이 나온다.

"애지愛之 (나) 기실해지其實害之며, 우지憂之 (나) 기실수지其實讐之(라)" - 사랑한다지만 실은 해치는 것이며, 걱정되어 그런다지만 실은 원수가 되는 것이다.

사랑할 수 없다면 그냥 두어라.

60까지는 기초를 좀 닦고

한국을 대표하는 수묵화가 소산小山 박대성은 어려서 팔을 하나 잃었다. 박 화백은 1945년 경북 청도 출생이다. 박 화백이 다섯 살 때 한국전쟁이 일어났다. 박 화백의 아버지는 한의사였는데, 반동지주로 몰려 인민군이 휘두른 낫에 찔려 숨지고, 박 화백은 그때 왼쪽 팔을 잃었다. 그 후 고초의 시간이 시작되었다. 학교 가는 길이 괴로웠다. 아이들이 그를 향해 돌을 던지고 괴롭혔다. 박 화백은 학교를 가지 않고 집에서 그림을 그리기 시작했다. 박 화백의 학력은 그게 다다. 청도의 자연과 화집을 스승 삼아, 천덕꾸러기가 되지 않겠다는 군은 의지로 자신을 채찍질했다. 그 후 그는 20대에 국전에 내리 여덟 번 수상하고, 중앙미술대전에서 대상을 수상했다. 『삶은 천천히 피어난다』라는 책에서 그가 한 말이다.

> "없어진 내 한쪽 팔이 가장 큰 스승이지요. 남보다 '결핍돼' 있으니 그만큼 더 혹독하게 몰아붙여야 겨우 채워 넣을 수 있지요. 그다음으로는 그림에서 '무학'이고 독학인 게 두 번째 스승이죠. 독학이 오히려 좋은 스승을 더 많이 만나요. 독학은 모든 고수한테 배울 수 있잖아."

그는 재산도 학벌도 그림 그리는데 필요한 팔도 아무것도 가진 게 없는 자신을 혹독하게 몰아부쳤다. 그야말로 꼭 있어야 할 것만 남겨 둔 독야청청하는 소나무처럼. 그는 겸재 정선, 소정 변관식, 청점 이상범에 이어 진경산수의 맥을 잇는 작가로 평가된다. 그의 한국화 대작은 미국 휴스턴 뮤지엄, 샌프란시스코 아시안 뮤지엄 등 유명 박물관에도 걸려 있다.

그는 신체의 결핍에서 오는 '불편'이라는 말을 좌우명으로 삼고, '불편당'이라는 작업실에서 한국화 진경산수를 그리고 있다. 그는 저마다 큰 산이 되려 하는데 나는 작은 산이어도 좋다, 왼팔을 잃어서 불편해도 불편하지 않다, 고독을 이겨내라, 자기만의 그림을 그려라, 여행을 많이 하고 견문을 넓혀라, 노력하겠다는 마음만 먹으면 불편은 감내할 수 있다와 같은 생활신조를 가슴에 새기고, 그림 그리는 일에 몰두하고 있다.

그는 지금도 경주의 소나무 숲 옆에 깃들어 10년 넘게 살고 있다. 그곳에서 그는 TV도 신문도 휴대전화도 없이, 육식도 과식도 하지 않으며 살고 있다. 그러면서 그는 추사의 예서와 마오쩌둥의 초서를 날마다 쓴다. 그는 2천 호짜리 대작 「불국 설경」을 그려 불국사를 창건한 김대성과 경주를 경배했다. 가람(승려가 살면서 불도를 닦는 곳)이 동서로 길어 정면에서 보면 한눈에 들어오지 않는 불국사를 한 화폭에 담기 위해 그는 세 군데로 시점을 나눠 잡고 옮겨가면서 2천 호짜리 작품을 완성했다고 한다.

그가 한 말이다. “60까지는 기초를 좀 닦고.”

단순함이
진보다

마하트마 간디는 단순함이 진보라고 했다. 여기서 진보는 단순히 정치경제학적 차원의 개념은 아닌 듯하다. 그런 면을 포함한 인간 삶의 전체적인 문제를 통틀어 말하고 있는 것으로 보인다.

단순함은 복잡함의 반대로 단순함을 추구한다는 것은 우리가 가장 중요하게 여기는 일 한두 가지에 자신의 에너지를 집중함으로써, 정신이 여러 갈래로 흩어져 산만하지 않고 핵심적인 문제에 초점을 맞춘다는 것이다. 단순함의 추구는 우리의 생명력을 키워주는 중요한 방편이 된다. 단순함은 실제 생활뿐만 아니라 영혼에서도 추구되어야 할 가치이다.

삶이 단순할 때 생활은 조촐하고 영혼은 풍만하다. 부와 명예 권력 같은 외적 가치에 휘둘리지 않고, 내적인 가치 예컨대 진리 영혼 양심 창조 같은 것에 집중할 수 있다. 외적 가치는 산만하고 일시적인 것들이지만 내적 가치는 간명하고 영원하다. 진리는 단순하다. 복잡하고 헷갈리게 하는 것들은 진리가 아니다. "너 자신을 알라(소크라테스), 내가 하기 싫은 일을 다른 사람에게 시키지 마라(공자), 나는 길이요 진리요 생명이다(예수), 탐욕과 인색을 버려라(부처)와 같은 말은 단순 명료해서 우리의 영혼을 찌르는 힘이 있다.

우리 삶이 단순해지려면 어떻게 해야 할까? 자기 에너지를 다른 것에 빼앗겨 휘둘리지 않고 온전히 자기가 하는 일에 집중하기 위해서는 어떻게 해야 할까? 현대 사회를 사는 그 누구도 정치와 경제를 떠나 살 수 없기에 이 문제는 아주 중요하면서도 복잡하다. 더구나 과학기술의 발달에 의한 생활양식이 급변하는 요즘, 더욱 삶에서의 중심

잡기가 어려워지고 있다.

내가 보기에 사람이 단순한 삶을 살기 위해서는 다음 세 가지를 생활의 실천 덕목으로 삼아야 할 것 같다. 1) 작게, 2) 적게, 3) 자급자족이다. 인구절벽, 악성 전염병 창궐, 기후위기, 인공지능, 기계화, 로봇과 일자리 상실, 1인 가구 증가, 고독과 외로움 등, 이런 여러 가지 문제가 뒤섞여 생활양식을 바꿔 놓는 4차산업 혁명 시대에 사람의 삶을 지속가능하게 해주는 것으로 이 세 가지가 유효할 것이라는 생각이다.

⊙ 작게 – 무슨 일이든 어떤 것이든 욕심을 부려 '더 크게' 하려고 하면 안 된다. 이는 앞으로 우리 사회에서 일을 그르치는 지름길이 될 수 있다. 사업도 타인과의 관계도 집안 평수도 단출해야 한다.

⊙ 적게 – 무슨 일이든 어떤 것이든 '더 많이' 가지려고 하면 안 된다. 이 역시 일을 그르치는 지름길일 수 있다. 채근담에 이런 말이 있다. "사귐을 덜면 시끄러움을 면한다. 날로 더함

을 찾는 것은 인생을 얽어매는 짓이다." 지금까지 사회에서는 더(플러스)가 미덕이었다. 많이 가질수록 좋았다. 그러나 이제부터는 아니다. 플러스적인 가치관으로는 견뎌내기 어렵다. 덜(마이너스)이 삶의 바탕이 되어야 한다. 가진 것을 자꾸 덜어내지 않으면 살아남기 어렵다. 덜어내는 것에서 단순한 삶이 나오고 그런 가벼움 속에 새로운 삶의 길이 열린다.

⊙ 자급자족 - 자급자족에는 많은 실생활이 포함된다. 자급자족에는 먹는 음식부터, 다른 무엇에 휘둘리지 않고 홀로 서는 정신적인 면까지 포함된다. 앞으로는 많이 먹는 게 아니라 좋은 음식을 적당히 먹어야 한다. 정신적인 자급자족은 대중매체의 선전이나 광고 인터넷 등에 넘쳐나는 거짓 정보에 현혹되지 않고, 주체적으로 판단하는 것까지 말한다.

이 세 가지 실천 덕목은 더 많이 생산하고 더 많이 소비하는 자본주의 시장 논리에 반대하는 것이다. 이 세 가지를 생활화하는 가운데 삶을 관통하는 단순함이 나온다. 그것을 바탕으로 했을 때 우리의 삶은 지속가능해진다. 생각을 덜면 정신이 소모되지 않고, 분별(판단)을 덜면 우리의 본성을 유지할 수 있다. 덜어낼수록 우리는 단순해지며, 본질과 만나고, 그만큼 세상살이의 얽매임에서 벗어나 자유롭게 된다.

단순함의 실천을 기분이나 형편에 따라 했다 안 했다 하면 안 된다. 그런 간헐적인 실천으로는 단순함의 힘이 길러지지 않는다. 따라서 단순해지기 위해서는 신념이 필요하다. 왜냐면 외부에서 자본주의 사회에 반하는 단순한 삶을 그냥 두지 않기 때문이다. 작게, 적게, 자급자족하는 삶의 가치를 중심에 놓고, 그대로 살고 있는지 점검하면서, 삶의 방향을 그것에 맞춰가야 한다.

산다는 건
이어지는 것

2017년 12월 31일 저녁 7시쯤이었다. 한 해의 마지막 날, 집에 있는데 여러 생각이 갈마들었다. 처음엔 집에서 조용히 섣달그믐 밤을 보내려고 하였다. 그런데 내 안에 일어나는 여러 감정과 소회가 나를 집에 있게 가만두지 않았다. 나는 옷을 입고 나와 평소 자주 가던 집 근처 카페를 향했다. 걸어서 20분 남짓 걸리는 곳이었다. 길을 가는데 머릿속에 도대체 산다는 게 뭘까, 하는 의문이 툭 솟아올랐다. 아마 한 해를 보내는 마지막 날이라서 그런 의문이 떠올랐을 것이다. 그러면서 이어지는 생각. 사는 것은 어제에서 오늘로 오늘에서 내일로 이어지는 것. 그러면서 머릿속에 한 편의 시가 쏟아져나왔다. 나는 카페로 향하던 발걸음을 되돌려 급히 근처 술집으로 향했다. 들어가자마자 메모지와 볼펜을 부탁해 그 자리에서 쏟아져나오는 시를 받아적었다.

산다는 건
이어지는 것
어제에서 오늘로
오늘에서 내일로
탈 없이
탈 있이
한 해에서
다음 해로
낮에
일하고
밤에
자는 것
인도에서

스리랑카에서

체코에서

피레네산맥 조그만 마을에서

레바논에서

알래스카에서

쿠바에서

이어지는 것

툭,

끊기지 않는 것

시간이란 강물에

사건

끊임없이 떠내려오는 것

-「산다는 것」 전문

산다는 것은 툭, 끊기지 않고 이어지는 것, 그리고 시간이란 강물에 사건이 끊임없이 떠내려오는 것. 이어진다는 것은 이렇게 지속 가능한 것이다. 사람은 죽을 때 각기 다른 모습으로 죽는다. 누구는 병들어 쇠약해진 몸으로 병원 침대에서 죽고, 누구는 사고로, 또 누구는 길을 가는 도중 갑자기 쓰러져 죽기도 한다. 죽는 과정은 천차만별이지만 어느 순간 삶이 '툭' 끊어지는 건 마찬가지이다. 사건이란 다름 아닌 스트레스이다. 살아 있는 한 누구나 자기 앞으로 떠내려오는 크고 작은 일(스트레스)을 피할 수 없다. 자본주의 사회에서 사건 해결은 돈으로, 돈이 없으면 몸으로 때우거나, 그리고 시간이 지나야 해결된다. 그런 사건을 받아안으며 어제에서 오늘로 오늘에서 내일로 툭, 끊어지지 않고 이어지는 게 삶이다.

나는 메모지에 쓴 시를 휴대폰 문자 메시지에 옮겨 내가 아는 사람들에게 보냈다. 내가 활동하는 '청소년평화모임' 회원들을 비롯해 휴대폰에 저장되어 있는 주소록의 지인 100여 명 정도였다. 그런데 답장이 쏟아져 들어왔다. 나는 평소 전화기를 오전 11시쯤 켜고 오후 7-8시쯤 끄는데, 그날은 섣달그믐이고 해서 좀 늦게까지 켜 놓고 있었다. 그런데 그야말로 전화기에 불이 났다. 내가 문자를 보낸 사람 가운데 무려 87명이 답장을 보내온 것이다. 나는 깜짝

놀랐다. 이렇게 많은 사람들이 그것도 곧바로 답장을 보낼 줄은 전혀 생각지 못했기 때문이다. 한 해의 마지막 날이라는 정서적 감화가 그랬을 것이다. 그러나 휴대폰과 별로 친하지 않은 나에게 하루에 80통이 넘는 문자가 쏟아져 들어왔다는 것은 내 생애 전무후무한 일이었기에 놀라지 않을 수 없었다. 다음 날 그러니까 2018년 1월 1일 나는 새해 첫날을 어제 온 문자에 대한 답장을 보내느라 즐거운 마음으로 보냈다.

이것이
성공이다

어디 학교인지 오래되어 기억이 가물거리지만, 아무튼 그 학교 학생글모음집에서 이런 글을 읽은 적이 있다.

"공부는 왜 하니/ 좋은 대학 가려구요/ 좋은 대학 가서 뭐해/ 좋은 직장에 들어가요/ 좋은 직장에 가서 뭐해/ 돈 많이 벌죠/ 돈 많이 벌어서 뭐해/ 좋은 집에 좋은 차에 좋은 배우자에 호강하며 살죠/ 그렇게 호강해서 뭐해/ 네? 호강해서요? 그럼 좋죠, 아닌가요?"

내가 이 글을 인상 깊게 기억하는 것은 주제에 접근해 들어가는 방식이 재미있어서다. 이 글을 읽으며 나는 소크라테스의 '문답법'을 떠올렸다. 상대에게 질문을 던짐으로써 스스로 자기주장이 잘못되어 있음을 깨닫게 하는 것이 문답법인데, 이 글에는 그 같이 진리에 접근해 들어가는 방법론이 들어 있었다. 맨 마지막 구절의 "아닌가요?" 가 특히 그렇다. 앞에서 아무 망설임 없이 당연한 대답을 해 온 사람의 말문이 막혀, 아닌가요?, 하면서 지금까지 자기가 한 말에 회의하면서, 생각의 줄기를 다른 방향으로 틀어 보려는 극적 전환이 이 마지막 문장에 들어 있었다.

'성공'은 우리 시대 대표적인 주류적 가치이다. 학벌사회이자 경쟁사회인 우리 사회에서 성공하기 위한 필요충분조건은 공부를 잘하는 것이다. 여기에 이의를 달 사람은 많지 않다. 초중고 모든 교육과정뿐만 아니라 널리 횡행하고 있는 사교육이 대학입시에 초점이 맞춰져 있는 것은, 윗글에서 말한 대로 좋은 대학 가서 돈 많이 벌어 호강하기 위해서다. 그것이 바로 우리 사회에서 성공한 인생이다. 그래서 우리나라 학생이라면 학부모라면 누구든 좋은 대학에 가기 위해 목을 맨다.

그런데 만약 그것이 우리 인생 목표의 모든 것이라면 인생은 얼마나 단조로운가. 숨 막히고 피 터지고 이기적인가. 그렇게 성공해서 혼자만 잘 먹고 잘살면 그만이라는 생각은 얼마나 무섭고 위험한가. 내 돈 내가 쓰는데 네가 왜 참견이냐는 논리와 다를 게 없다. 그게 성공이라면, 그게 인생의 모든 것이라면 인생은 굳은 떡처럼 메마르지 않은가.

미국의 생태주의 사상가인 랄프 왈도 에머슨은 성공에 대해 이런 말을 남겼다.

> "자주, 그리고 많이 웃을 것, 지성인들의 존경과 어린이들의 사랑을 받는 일, 정직한 비평가들에게서 감사를 받고 거짓된 친구의 배신을 참는 일, 아름다움을 감상하는 일, 다른 사람의 장점을 발견하고 칭찬해 주는 일, 건강한 아이를 남기든 개선된 사회를 남기든 세상을 조금은 더 좋은 상태로 만드

는 일, 그리고 그대가 이 세상에 살았기 때문에 한 생명이라
도 더 숨쉬기가 편했다는 것을 아는 것. 이것이 성공이다.”

평온 기도

1990년대 말, 나는 3년 동안 「열쇠」라는 쪽지를 발간한 적이 있다. '자아발견을 위한'이라는 말을 앞에 놓았는데, 교사, 문인 등 120여 명에게 격월로 보내는 거였다. 모든 작업을 혼자 손으로 했다. 원고를 쓰고, 인쇄하여 오려 붙여 편집하고, 쪽수에 맞춰 철하고, 봉투에 주소를 적어 우체국에 가 발송하는 일까지.

평온 기도는 그때 만난 글귀이다. 그런데 이 기도문이 지금까지도 일상에서 무슨 일로 내 마음이 격하게 요동칠 때, 평정심을 유지하도록 도와주는 중심추 역할을 한다.

> “주여, 변화시킬 수 있는 것은 변화시킬 수 있도록 용기를 주시고, 변화시킬 수 없는 것은 받아들일 수 있는 평온함을 주시며, 이를 구별하는 지혜도 허락하소서.(God, grant me the serenity to accept the things I cannot change, the courage to change the things I can change, and the wisdom to know the difference.)”

이 기도문은 미국의 신학자인 라인홀트 니버가 쓴 것이다. 원래 제목이 없었는데 나중에 ‘평온 기도’라는 제목이 붙었다고 한다. 알콜 중독자 모임에서 처음 사용되어 대중적으로 유명해졌다고 한다.

‘평온 기도’는 한 문장으로 되어있다. 내용은 세 가지. 변화시킬 수 있는 것과 변화시킬 수 없는 것, 그리고 이 둘을 구분하는 지혜로 되어있다. 변화시킬 수 있는 것에는 무엇이 있을까? 자기 행동, 태도, 타인과의 관계, 주변의 여러 사물, 잘못된 사회제도 등이 있겠다. 그럼 자기 힘으로 변화시킬 수 없는 것에는 무엇이 있을까? 날씨, 지난 과거, 자기 부모, 가족, 자연현상, 변화되지 않는 사회제도 등이 있다. 그런데 기도문은 변화시킬 수 있는 것에는 그렇게 할 '용기'를, 그러지 못할 것에는 그것을 받아들일 수 있는 '평온함'를 달라고 기도한다. 그리고 이 둘을 구별할 수 있는 '지혜'를 달라고 한다.

무엇인가를 바꾸는 데 필요한 용기, 자기 힘으로 바꿀 수 있는 것과 바꿀 수 없는 것을 구분하는 지혜, 그리고 바꿀 수 없는 일을 받아들이는 평온함. 그러나 우리는 어떤가? 우리는 흔히 바꿀 수 없는 일에 화를 내고 원망하고 절망하느라 자기 에너지를 소모한다. 그리고 바꿀 수 있는 일에도 용기를 내어 바꾸려 하지 않고 회피하거나 무관심으로 일관한다.

어떤 결정을 내려야 할 때 먼저 고려해야 할 점은 그 사람이 갖고 있는 역량이다. 역량에는 건강상태, 경제력, 그 일에 대한 호기심과 열정 등이 고려되면서, 그 일이 처한 객관적 상황에 대한 면밀한 검토가 필요하다. 그리고 이와 함께 중요한 것은 그 일을 바라보는 전체적인 시각(전망)이다. 할 수 있는 일과 할 수 없는 일은 상황에 따라 바뀌기도 하기 때문이다. 우리는 지금도 바꿀 수 없는 것을 바꾸려고 온갖 힘을 다 쓰고 있지는 않은지 살펴볼 일이다.

우리는 흔히 바꿀 수 없는 일에 화를 내고 절망하느라
자기 에너지를 소모한다.
그리고 바꿀 수 있는 일에도 용기를 내어
바꾸려 하지 않고 회피하거나 무관심으로 일관한다.

그것이 천국이지요

학교에 근무할 때 나는 학생들과 '자아발견 시간'을 가졌다. 자아발견 시간이란 자기 안에 깃들어 있는 감정이나 자아에 대해 이해하고 그것을 표현하는 시간이다. 청소년기는 인생에서 유년기와 성인 사이에 있는 과도기로 흔히 '사춘기'라고 하는데, 이 시기의 가장 큰 특징은 신체적으로 남녀의 구별이 뚜렷해지고, 타인과 다른 자기 자신에 대해 인식하게 된다는 것이다. 루소는 이러한 청소년기를 '제2의 탄생'이라고 했으며, 우리는 '질풍노도'와 같은 말로 청소년기의 특징을 표현하기도 한다.

나는 학생들에게 감정을 적절히 표현하는 일의 중요성에 대해 자주 말했다. 특히 분노 감정에 대해 여러 차례 강조했는데, 분노의 올바른 처리는 다른 어떤 감정보다 중요하기 때문이다.

옛날 일본에서 있었던 일이다. 한 용감한 사무라이가 노스님에게 천국은 무엇이며 지옥은 무엇이냐고 물었다. 그러자 노스님은 경멸하듯 다음과 같이 말했다.
"이 무지렁이 얼간이야. 너 같은 놈과 말하기에는 시간이 아깝다."
체면을 크게 손상당한 사무라이는 격노하여 칼집에서 칼을 빼들었다.
"이 무례한 늙은이, 당장 없애버릴 테다!"
"그것을 지옥이라고 하오."
노스님은 조용히 대답했다.
자신을 휘감은 격노를 정곡으로 찌른 노스님의 말에 진리를 깨닫고 사무라이는 얼른 평정을 되찾아 칼을 다시 칼집에 꽂은 뒤 큰절을 올리면서 노스님의 통찰력에 감사를 표했다.

그러자 노스님이 다시 입을 열었다.

"그것이 천국이지요."

위 예문을 학생들에게 들려준 후, 자신의 분노 조절을 어떻게 하느냐에 따라 사람은 천국과 지옥을 오갈 수 있다고 이야기한다. 사람의 감정 가운데 특히 분노는 휘발성이 강해서 적절히 다스리지 못하면 순식간에 자신과 주위 사람을 태워버린다. 우리 주변에 소위 '욱하는' 성질로 한순간을 참지 못해 인생을 망치는 경우가 얼마나 많은가. 나는 그런 이야기들을 실제로 학생들에게 들려주고, 글로 써보라고 했다. 그리고 원한다면 발표도 하게 했다. 다음 글은 그 가운데 하나다.

"종민이와 병진이와 내가 있었다. 종민이가 병진이와 판치기를 하는데 돈을 계속 땄다. 나는 돈이 없어서 종민이한테 돈을 달라고 했다. 그러자 종민이는 본전이라고 하면서 계속 병진이와 판치기를 했다. 나는 화가 아주아주 많이 나서 주먹을 불끈 쥐고 종민이를 죽이려고 했다. 그러자 겁이 난 종민은 얼른 100원을 나에게 주었다. 그러자 나는 주먹을 펴고 얼굴에 미소를 지으며 좋아했다.”

– 안성순중2

부정적인 신념체계

시간이 오래되어 어떤 글의 출처나 지은이가 생각나지 않을 때가 있다. 이런 경우를 대비해 메모를 해두는데, 메모할 수 없는 상황에서 스쳐 지나가듯 본 것이 이상하게 오래 잊히지 않고 머릿속에 남아 있는 때가 있다. 아랫글도 그런 경우다.

"인도에서는 아기코끼리들의 다리를 약한 밧줄로 나무에 묶어 놓는 것으로 그들을 길들인다. 그들이 다 자랐을 때에도 만약 비슷한 줄이 다리에 묶이기만 하면 비록 그들이 이제 나무를 땅에서 뽑아버릴 만큼의 힘을 가지고 있을지라도 결코 그것을 끊지 않는다. 밧줄을 끊을 수 없다는 그들의 부정적인 '신념체계'가 그들을 묶어 두고 있는 것이다."

이 글에서 나에게 강한 인상으로 남은 글귀는 '부정적인 신념체계'라는 것이다. 사람에게는 누구나 부정적인 신념체계가 있다. 코끼리처럼 우리도 그 신념체계라는 끈으로 우리 자신을 묶는다. 그러나 코끼리와 다른 점은 인간은 그 끈을 풀 수 있다는 것을 안다는 것이다. 그런데 여기서 문제가 복잡해진다. 알긴 아는데 머릿속으로만 알 뿐, 실행에 옮겨 자신을 바꾸지 못하는 경우가 많다는 것이다. 이렇게 되면 결국 그 사람은 자신을 옭아매고 있는 끈에서 벗어나지 못한 채 생을 마감할 수도 있다. 부정적인 신념체계에 사로잡혀 거기서 벗어나지 못하는 것이다.

신념체계는 자신이 그렇다고 믿고자 하는 그 무엇이다. 자신이 믿는 방향으로 믿어야 비로소 자기답게 느껴지는 것이다. 신념체계는 어려서 자라온 환경이나 자신이 겪은 경험에 의해 형성된다. 아기코끼리 이야기를 학생들에게 들려주고, 자신의 부정적인 신념체계에 대해, 지금 나의 발전을 가로막고 있는 끈에 대해 이야기를 나눈 적이 있다. 아랫글은 그때 어떤 학생이 쓴 것이다.

나를 묶고 있는 끈

윤봄이 중2

나를 묶고 있는 끈은 헤아릴 수 없이 많다. 다른 사람도 나와 마찬가지일 것이다. 나를 묶었다고 하기엔 사소하고 하찮은 나의 행동이나 그밖의 것들도 결국은 나를 구성하고 또 묶고 있는 끈일 것이다. 그 끈은 마치 길고 가느다란 거미줄과 같고 사람은 그 거미줄에 걸려버린 조그만 풀벌레와 같다. 그 풀벌레의 허우적거림은 곧 끈에서 벗어나고 싶어 하면서 점점 지쳐가는 나의 모습일 것이다.

그 거미줄을 구성하는 근원 세 가지는 주관이 불투명하다는 점, 너무 내성적인 성격, 갈팡질팡하는 성격 등이다.

첫 번째로 나의 그 불투명한 주관은 위험할 수도 있는 것이다. 융통성이 없고 그저 남이 하는 대로 끌려다니니 나의 생각이나 느낌을 표현한다는 게 너무 어렵게 되어 버렸다. 또한 내가 하려고 하는 일을 어떻게 할 것인가에 대해서조차도 남에게 의지하려고 한다. 나도 이렇게 되면 무기력해진다는 것을 알고 있지만 이제껏 아무런 대책을 세우지 않았었다.

둘째로 내성적인 성격이다. 이것은 이미 많은 사람들에게 지적당해 왔지만 점점 자연스러워지는 것이 되돌리기 힘들 것 같다는 생각이 든다.

셋째로 갈팡질팡하는 성격이다. 이것을 선택하면 어쩐지 뭔가가 빠져버린 것 같고 저것을 선택해도 그렇고 무엇을 어떻게 해야 할지 선택하기가 어렵다. 하나를 하기엔 너무나 불안한 마음이 들고 자꾸 부정적인 생각이 들기 때문이다. 결국에는 아무것도 할 수 없게 돼 버린다.

하지만 분명한 것은 이 세 가지는 모두가 하나로 이어진 고리와 같이 연관되어 있다는 것이다. 모두가 비슷한 점이 많고 결과가 똑같다는 것이다. 그러므로 나를 묶고 있는 끈은 어쩌면 단 한 개에서 자꾸 갈라져 나온 나무뿌리 같은 게 아닐까? 이 뿌리를 뽑게 될 때 나는 비로소 새로운 내가 될 수 있을 것이다. 이 끈을 끊기 위해서는 오랜 시간이 필요할 것이다. 왜냐하면 그것에 익숙해진 지가 오래된 만큼 고쳐질 수 없기 때문이다.

또한 나를 믿고 행동에 옮기는 자세가 필요하다. 갈팡질팡하는 것은 내가 나 자신에 대해 믿음이 부족하기 때문에 그렇게 나타나는 것이다. 그런 믿음을 갖게 된다면 나의 주관을 뚜렷하게 내세워 남 앞에서도 당당하게 나를 세울 수도 있을 것이다.

물론 그것은 쉬운 일이 아니다. 하지만 그렇게 하다 보면 언젠가 나를 묶고 있는 끈들이 조금씩 사라지고, 결국 나는 모든 끈을 끊고 벗어나게 될 것이다. 하지만 무엇보다 그렇게 되기 위해서 가장 필요한 것은 나 자신을 굳게 믿는 일일 것이다.

하느님 없이,
하느님과 함께

이 말은 평생 신학을 연구해 온 신학자 송기득 선생이 지은 책 제목이다. 나는 이 책을 친구를 통해 알게 되었다. 그와 술자리에서 종교(기독교)에 대해 이야기하던 중 그가 아마도 이 책이라면 나하고 생각이 맞을 것 같다며 권해준 책이다. 나는 이 책을 구해 읽었고, 정말 송기득 선생이 말하는 하느님과 내가 생각하는 하느님이 거의 일치함을 느꼈다. 그 책에서 송기득 선생은 말한다.

"나는 한 주일 동안 다석의 말을 들으면서 나의 편협한 생각을 크게 뉘우쳤다. 그때 나는 참 종교는 그리스도교인 줄 알았고, 궁극의 실재는 '하느님'으로만 표현되어야 한다고 생각했다. 그밖의 것은 '거짓'으로 제쳐놓고 있었다. 그런데 다석의 말을 듣고 보니, 다른 종교도 그것을 믿는 이에게는 참 종교이고, '궁극의 실재'로 믿는 대상의 이름은 문화와 전통에 따라 전혀 달리 표현될 수도 있었다. 종교적 경험의 차이에서 그 명칭이 다를 뿐, 궁극적으로 동일한 하나의 실재이며, 하느님도 굳이 '하나님'으로 부를 것이 아니라 그냥 '님'으로 불러도 좋다는 것이다. 그것은 하나의 궁극적 실재를 인격화하는 것을 의미하는데, 굳이 그것을 인격화할 것 없이 '하나'라고 해도 좋다는 것이다."

인간이 종교를 갖는 것은 인간의 유한성 때문이다. 유한한 인간이 무한과 영생을 동경하는 데서 종교는 시작된다. 그런데 이 종교가 사회화하는 과정에서 종파가 갈리고 파벌이 형성되어 서로 반목하고 분쟁하기에 이르렀다. 종교 분쟁으로 얼마나 많은 사람이 죽었나? 산을 오르는 길은 여러 갈래지만 오르고 나면 정상에서 다 만나는 것처럼 종교도 불교나 기독교나(기독교 가운데서도 개신교와 카톨릭도) 이슬람교나 형식과 교리가 다를 뿐 추구하는 바는 같다.

'하느님 없이, 하느님과 함께'라는 말 속엔 지독한 역설의 진리가 숨어 있다. '예수 천당 불신 지옥'과 같은 그런 맹목적인 하느님 없이, 그러나 진리 추구의 하느님과 함께 하는 삶을 살겠다는 뜻이 들어있다. 말년에 교회를 떠나겠다는 어느 인터뷰 자리에서 선생은 이렇게 말한 적이 있다.

> "교회가 싫었다. 너무 쉽게 하나님을 이야기한다. 사랑과 자비의 하나님을 이야기하면서 걸핏하면 지옥에 간다고 겁박한다. 또 믿는 사람일지라도 하나님에 대한 이미지도 제각각이다."

교리를 아전인수 식으로 해석하여 편견과 아집에 빠지는 종교는 위험하다. 종교의 요체는 인간의 행복에 있다.

인간을 행복하게 하지 않는 종교는 문제가 있다. 인간이 맺는 여러 관계 가운데 종교와 맺는 관계도 아주 중요하다.

기적은
땅 위를
걸어 다니는 것입니다

나의 아버지는 4년여 동안 요양원에 계시다 돌아가셨다. 그 전까지는 어머니께서 집에서 간병했는데, 햇빛 좋은 날 마당에서 천천히 걷다 넘어져 대퇴골이 골절되었다. 그 바람에 병원에 입원하여 수술했는데, 그 후 두 달간 침대에 누워 계시다 그답 못 일어나셨다. 다리에 힘이 빠져서였다.

내가 위 글귀를 본 것은 아버지가 계신 어느 요양원에서였다. 나는 일주일에 한 번꼴로 아버지를 찾아뵈었는데, 그 요양원 현관 유리문 손잡이 위에 이 글귀가 붙어 있었다. 그때 나는 경황이 없어 한 눈으로 스윽 훑으며 그런가 보다, 성경에 나오는 한 구절인가 보다 하며 가볍게 넘겼다. 그런데 이상하게 이 글귀가 아버지가 그 요양원을 떠난 이후에도 오래도록 기억에 남아 지워지지 않았다.

한번은 아버지를 찾아뵈면서 어디 불편한 데 없느냐고 물었다. 아버지는 등이 아프다며 이쪽저쪽 마음대로 돌아눕기만 해도 살겠다고 하셨다. 아, 마음대로 돌아눕지도 못하는 사람, 손목을 침대에 묶어 놓아 파리가 얼굴에 앉았는데도 쫓지 못하고 얼굴만 씰룩거리는 사람, 휠체어에 의지해 겨우 침대 밖에 나와 서 있는 사람, 지팡이에 의지해 한 뼘 정도의 걸음을 겨우겨우 옮기는 사람, 그나마 그렇게 움직일 수 있는 사람을 부러운 눈빛으로 멍하니 바라보는 사람. 이런 분들이 요양원에 가면 얼마나 많은가. 그날 나는 집에 와 「등이 아픈 사람」이라는 시를 썼다.

이쪽에서 저쪽으로 돌아눕기 위해서는 등을 거쳐야 한다. 아픈 등이 그것을 허락하지 않는다. 요양원에 계신 아버지, 좀 어떠세요 물으면, 마음대로 돌아눕기만 해도 살겠어, 어린아이 울음이다. 아 등, 등은 과연 한 번이라도 편히 누워 본 적이 있을까. 평생을 저물도록 떠받치기만 하며 살아온 당신.

그 후 나는 박완서 선생이 쓴 「일상의 기적」이라는 글에서 이 문장을 다시 만났다. "기적은 하늘을 날거나 물 위를 걷는 것이 아니라 땅 위를 걸어 다니는 것이다." 나는 선생의 글을 읽고, 이 글귀가 성경에 나오는 게 아니라 중국 속담이라는 걸 알았다.

사람은 늘 건강할 수 없다. 나이 들어 병약해지거나 젊더라도 뜻하지 않은 사고로 자칫 건강을 잃을 수 있다. 그때 가서야 우리는 우리 몸으로 하는 사소한 동작 하나가 얼마나 소중한지 깨닫게 된다. 대소변을 잘 보는 일, 눈을 쉽게 깜박이는 일, 가려운 곳을 긁을 수 있는 일, 음식을 씹을 수 있는 일, 땅 위를 걷는 일, 이런 일들을 자기 뜻대로 할 수 있다는 것, 그것이 바로 기적이다.

이반 일리치의 뺨에 난 혹

이반 일리치는 오스트리아의 철학자이자 신학자이다. 내가 그의 책을 처음 접한 것은 대학 3학년 때다. 『학교 없는 사회』라는 책이었는데, 그 책에서 일리치는 자본주의 사회에서 학교의 가장 기본적 시스템인 '가르친다'는 것에 대해 비판한다. 권위적이고 지식으로 무장한 교사는 그러지 못한 학생(민중)에게 지배 이데올로기를 일방적이고 억압적으로 가르침(주입함)으로써, 그것이 사회적 불평등을 재생산한다고 비판하였다.

그러다 어느 글에선가 이반 일리치가 암에 걸려 뺨에 혹이 났는데, 그것이 처음엔 작았다가 나중에 점점 커져 목까지 뒤덮어, 그렇게 거의 10년 동안 고통에 시달리다 죽었다는 사실을 알게 되었다. 그때 읽었던 글귀가 지금도 기억에 생생하다. "나는 내 목의 혹을 나의 십자가로 생각한다. 누구든지 사람에게는 자신이 짊어져야 할 십자가가 있다."라는 말이었다. 그는 처음부터 다량의 진통제를 투여하는 병원 치료를 거부하고(그는 병원이 인간의 병을 치료하는 게 아니라 확대하고 심화시킨다고 비판했다), 자신이 개발한 아편 가루를 조금씩 먹으며 고통을 견디다 사망했다.

그 후 이반 일리치를 다시 만난 것은 『과거의 거울에 비추어』라는 책을 통해서였다. 이 책은 경제, 교육, 언어, 종교, 의료 등에 대하여 세계적 권위의 학자와 전문가를 대상으로 12년 동안 연설한 연설문을 모아놓은 것이다. 그 책에서 일리치는 말한다.

"우리는 살아가면서 모으는 갖가지 가구나 물건이 결코 내면의 힘을 키워주지 못한다는 사실을 이해해야 합니다. 온갖 편의를 짜 넣은 주택은 우리가 약해졌음을 보여주고 있습니다. 우리는 살아갈 힘을 잃을수록 재화에 의존합니다. 사람들의 건강은 병원에 의존하고 우리 아이들의 교육은 학교에 의존하는 것과 비슷합니다. 애석하게도 병원도 학교도 한 나라의 건강이나 지성의 지표가 되지 못합니다."

우리는 근대화를 거쳐 현대화된 사회에 살고 있다. 물질문명은 불과 몇 년 사이 몰라보게 달라졌고, 일상에서 누리는 풍요는 더할 나위 없이 풍부해졌다. 빈부격차로 인해 그러지 못한 사람이 있지만 그럼에도 과학기술 발달에 따른 생활환경의 변화는 삶의 질적 수준을 변화시켰다. 그런데 그럴수록 우리는 '살아갈 힘'을 잃었으며, 잃은 힘만큼 재화에 의존한다는 것이다.

나는 몸이 아파 병원에 갈 때 이반 일리치의 뺨에 난 혹을 생각한다. 그러면서 웬만해선 주사도 맞지 않고, 약도

먹지 않으려 한다. 의사의 처방에 따라 사 온 약은 한두 번 먹고 나머지는 견디다 버린다.

고통은 그 고통의 의미를 발견할 때 더 이상 고통이 아니다. 그럴 때 고통은 삶의 방향을 가리키는 화살표가 될 수 있다. 십자가의 진정한 의미는 삶의 방향전환이다. 고통은 삶의 방향을 전환할 수 있는 계기가 된다. 내가 짊어진 오늘의 고통을 통해 사람은 다른 차원으로 눈길을 돌릴 수 있다. 치료할 수 있었는데도 치료를 거부한 채 자신이 믿는 바대로 고통의 십자가를 짊어지고 간 이반 일리치는, 나에게 특히 현대사회의 의료 시스템에 대해 다시 생각하는 계기를 주었다.

고통의 의미를 발견할 때

그 고통은 삶의 방향을 가리키는

화살표가 될 수 있다.

일을 줄이면
일이 줄어든다

『명심보감』을 필사한 적이 있다. 자꾸 쓰지 않아 기억에서 멀어져가는 한문 공부를 할 겸해서였다. 거기서 재밌는 글귀 하나를 발견했다.

"생사사생(生事事生) 생사사생(省事事省)"

『명심보감』 '존심편'에 나오는 구절이다. 일을 만들면 일이 생기고, 일을 줄이면 일이 줄어든다는 말이다. 앞으로 읽으나 뒤로 읽으나 같은 회문回文 구조이다. 뒤의 '성省' 자는 살피다의 의미일 때는 '성'으로, 빼다 줄이다의 의미일 때는 '생'으로 읽는다.

우리의 하루 일상은 어떠한가? 만나야 할 사람도 많고, 해야 할 일도 많고, 먹어야 할 것, 사야 할 것, 보아야 할 것, 가야 할 곳, 읽어야 할 것, 사고처리, 금융업무 등 정신이 없다. 한마디로 해야 할 여러 일이 일상이라는 강물에 끝도 없이 떠내려온다. 정신없이 뛰어다니고 앞뒤 없이 굴러다녀야 겨우 하루가 간다. 한 마디로 '닥치는 대로'의 인생이다. 이런 상황에서는 이른바 '나'라는 존재는 사라지고, 나 이외의 다른 것들이 삶의 주인 노릇을 하게 된다. 내가 아닌 '그것'들에 의해 삶이 몽땅 휘둘리게 되니, 결국 남는 것은 피로와 공허감뿐이다.

이 말이 우리에게 가르쳐주는 의미는 일은 만들면 만들수록 생기고, 줄이면 줄일수록 줄어든다는 것이다. 자기 삶에서 소란과 복잡함을 줄여야 그 자리에 고요와 단순함이 깃들어 한적한 시간을 확보할 수 있다는 것이다.

사실 인간이 살아가는 데 많은 것이 필요한 것은 아니다. 깨끗한 식사, 단정한 옷, 거주하기에 불편함이 없는 주거공간, 모자라지도 넘치지도 않은 생활비, 건강과 미래를 위해 저축할 수 있는 조금의 여윳돈, 흉금을 털어놓고 이야기할 수 있는 친구 몇이 있으면 된다. 세상은 더 큰 집, 더 높은 명예와 권력, 더 우아한 교양, 더 비싸고 맛있는 음식, 더 예쁜 미모, 더 좋은 명품, 더 좋은 차에 더 과시할 수 있는 인간관계를 구축하라고 강요하고 유혹한다.

그러나 이 모든 것은 생각하기에 달려 있다. 그렇게 '외물外物'에 정신을 빼앗겨 휘둘리며 살 것인가, 작고 적지만 내면의 행복을 느끼며 살 것인가는 그 사람의 가치관과 인생관에 달려 있다. 조선 시대 정약용은 유배지에서 아들에게 물려줄 게 없어 두 글자를 유산으로 물려주었는데, 그 글자가 '검儉'과 '근勤'이다. 건강한 상태에서 검소하고 부지런하게 살면, 네 인생 하나쯤은 꾸려갈 수 있을 것이다, 라는 의미에서이다.

줄여도 좋을 것들의 목록을 만들어 보자. 지금까지 벌여 놓은 일, 인간관계, 관심 분야, 꼭 하지 않아도 될 일, 취미 등의 목록을 만들어 하나하나 줄여나가 보자. 흙구덩이에서 나와 몸을 깨끗이 씻은 것처럼 마음이 아주 홀가분해질 것이다.

물건을 치워야 방 안에 햇빛이 환하게 들지 않겠는가?

인간의 뇌,
짐승의 뇌

동물의 뇌를 연구한 뇌 과학자들에 의하면 대략 다음 세 가지 형태로 뇌가 진화되어 왔다고 한다. 파충류의 뇌, 포유류의 뇌, 영장류(인간)의 뇌가 그것이다. 그것을 그림으로 표현해 본다.

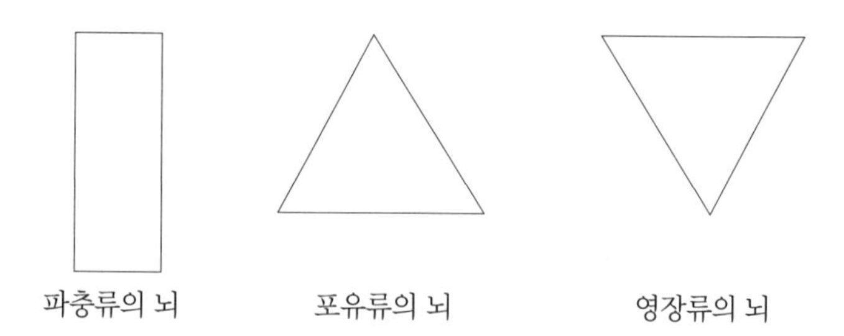

이렇게 나누는 것은 뇌의 구조와 기능에 따른 것인데, 오랜 시간의 흐름 속에 형성되어 온 결과이다.

⊙ 파충류의 뇌는 '뇌간'이라는 부분으로 되어 있으며 후각, 시각, 평형과 조정 기능을 맡고 있다. 번식하고 먹이를 찾고 위험할 때 도망가는 기본적 생명 유지의 본능에 따라 자동반사적으로 활동한다. 대뇌 피질이 형성되지 않아서 본능을 벗어난 사고나 융통성이 없다.

⊙ 포유류의 뇌는 파충류의 뇌가 하지 못하는 '감정'을 느낀다. 대외변연계가 발달해서 감정 식욕 성욕 같은 지각 활동을 할 수 있다. 사람의 경우 유년기와 사춘기에 완성되며 동물이나 인간이나 정도의 차이가 있을 뿐 거의 활동이 같다.

⊙ 영장류의 뇌는 전두엽의 발달로 언어를 사용하고 판단할 수 있으며, 어떤 일을 기획하고 조절하며 우선순위를 매기고 계획에 따른 결과를 예측하고 충동과 감정을 조절할 수 있다. 뇌의 앞부분에 있는 전두엽의 발달이 다른 동물과 인간의 차이를 분명히 해주는데, 보통 남자는 30세

전후까지 여자는 25세 전후까지 완성된다. 용량이 크기 때문에 완성되는 시간도 그만큼 오래 걸린다.

그런데 재밌는 것은 사람이 화를 낼 때 뇌의 구조가 영장류의 뇌에서 포유류의 뇌로 바뀐다는 것이다. 진화해온 뇌의 상태가 분노로 인해 퇴보하는 것이다. 우리가 흔히 하는 말로 화가 치밀어오른 사람을 짐승 같다고 하는데, 실제로 그 순간의 뇌는 오직 타오르는 분노만 남아 뇌의 구조가 인간에서 짐승으로 바뀌는 것이다. 그 순간 그 사람의 눈에는 실제로 뵈는 게 없다. 결국 짐승이 되어 앞뒤 생각 없이 화를 내다 돌이킬 수 없는 지경에 이르는 것이다.

분노는 이렇게 뇌의 구조마저 바꾸어 사람을 짐승이 되게 한다. 한 귀로 듣고 한 귀로 흘리지 말아야 한다.

장미꽃을 뜯어 먹다

인상파 화가 가운데 프랑스의 르누아르가 있다. 다른 인상파 화가들이 밝은 빛 속에 펼쳐진 대자연을 즐겨 그린 데 비해, 르누아르는 밝고 따듯한 색조를 바탕으로 주로 인물 특히 여성과 아이를 많이 그렸다. 우리에게 익숙한 「책 읽는 소녀」 같은 그림이 대표적인데, 그가 그린 작품의 주된 메시지는 '행복'이라고 한다. 실제로 그의 그림에는 밝고 따듯하고 온화한 분위기가 넘쳐난다. 그는 삶이 비록 우울하고 고통스럽더라도 그림만은 밝고 아름다워야 한다는 평소의 예술철학을 바탕으로 그림을 그렸다. 실제로 그는 류머티스 관절염으로 손가락뼈가 녹고 뒤틀려 붓을 잡을 수 없게 되자, 손에 붓을 묶고 그림을 그렸는데, 그 모습을 본 친구가 왜 그렇게 고통스러운 일을 하느냐 하자, 고통은 지나가지만 예술은 언제나 남는다, 고 대답했다고 한다.

그런 르누아르가 장미꽃을 그릴 때의 일화이다. 이 이야기는 내가 읽은 책 『점선뎐』이라는 책 속에 화가인 김점선이 변종화 화백을 찾아가 인터뷰하는 글에 나온다.

> "르누아르는 장미를 그리다 잘 안되면 장미꽃잎을 하나씩 따서 먹었대. 그렇게라도 하면 행여나 잘 그려질까 해서. 르누아르 정도면 그림 잘 그리는 그림쟁이로 자타가 인정할 텐데 얼마나 고심했으면 장미를 먹음으로써 혹시 손끝으로 장미가 나오지 않을까 하고 기대했을까."

예술가들이 창작 과정에서 겪는 고통은 많이 알려져 있다. 자신이 추구하는 세계에 현실(작가의 역량)이 뒤따라주지 않을 때 예술가는 절망하며, 그것이 극에 달하면 목숨을 끊기도 한다. 장미꽃을 그리다 잘 안되면 장미 꽃잎을 하나하나 따서 먹었다니. 그렇게 먹으면 그 장미꽃이 손끝으로 나와 그림으로 잘 그려질 거라니. 이 맹목적이고 황당함 속에 예술가의 절망을 이겨내려는 고뇌의 몸부림이 들어있는 것이다.

나는 르누아르의 「책 읽는 소녀」도 좋아하지만, 「봄 꽃다발」이나 「그네」 같은 작품도 좋아한다. 화병에 담긴 그야말로 풍성한 꽃다발을 통해 자연이 인간에게 주는 행복을 그린 「봄 꽃다발」이나, 그네를 사이에 두고 청춘 남녀가 이야기하는 모습을 곁에 있는 어린아이가 천연스레 바라보는 그림을 통해 그만의 예술철학과 개성을 엿볼 수 있기에 말이다.

장미꽃잎을 뜯어 먹으면 그 붉은 꽃잎이 진짜 손끝으로 흘러나올지 모른다. 바닷물을 떠먹으면 다시 입으로 그 파란 바닷물이 뿜어져 나올지 모른다. 시가 안 써질 때 시의 꽃잎을 뜯어 먹으면 정말 시가 잘 써질지 모른다. 일반인이 볼 때 이런 황당한 예술가의 ‘몰두’가 위대한 예술 작품을 낳는다.

궁즉변,
변즉통

위편삼절韋編三絶이라는 말이 있다. 가죽으로 맨 책의 끈이 세 번 끊어지다, 라는 뜻으로 독서에 힘쓰는 것을 비유하는 말이다. 옛날 책은 대나무를 길게 직사각형으로 잘라 가죽끈으로 엮어 만들었는데, 책을 여러 번 읽다 보면 가죽끈이 끊어지기도 했다. 이 말은 공자가 『주역』을 세 번 끈이 끊어질 정도로 읽었다는 데서 온 말이다.

궁즉변窮卽變, 변즉통變卽通은 『주역』에 나오는데, 궁하면 변하고 변하면 통하고, 통하면 오래간다는 말이다. 사람들은 이 말을 간단히 '궁즉통'이라고 한다. 일이 앞뒤가 꽉 막혀 꼼짝없이 갇혔을 때 보통 하는 말이다. 이 논리는 기승전결의 논리와 같다. 곧 궁하면[기] 변하고[승] 통하면[전] 구(久)[결]하여 오래간다와 같은 구조이다. 어찌 보면 변화에 대한 동양적 사고를 바탕으로 한 것으로, 정[正] - 반[反] - 합[合]의 서양적 사고와 대비된다.

궁하다는 것은 어떤 일이 막바지에 몰려 있음을 나타낸다. 일의 형세나 상황이 불에 탄 개가죽처럼 갈수록 오그라들어 어찌할 수 없는 상태이다. 하는 일도 안 되고 더 이상 앞이 보이지도 않는다. 궁지에 몰렸다고 해서 누구나 새로운 길을 찾는 것은 아니다. 그 자리에 꼿꼿이 서서 죽는 사람도 있다. 그런 사람이 어쩌면 더 많을지도 모른다. 내가 이 글에서 말하고자 하는 바는 바로 이 '변', 곧 변화인데, 자신을 변화시키는 것이 궁 - 변 - 통 - 구 가운데 가장 중요하기 때문이다.

그럼 무엇이 변해야 하나? 자기 자신이 변해야 한다. 구체적으로 자기의 생각과 행동이 변해야 한다. 자기가 궁지에 몰렸음을 인정하고 변화를 모색해야 한다. 그러려면 용기가 필요하다. 주위 사람에게 도움을 요청할 용기가. 혼자 난관을 뚫고 나갈 수도 있지만 도움을 청하는 게 옳다. 한 사람의 지혜보다는 두 사람 이상의 지혜가 훨씬 문제를 해결할 가능성이 높으니까 말이다. 그다음 해야 할 일이 시도하는 것이다. 성경에 "두드려라, 그러면 열릴 것이다"라는 말처럼 일단 두드려야 한다. 이 두드림을 가로막는 것은 두려움이다. 그렇게 하면 창피할 거라는 두려움, 그렇게 해도 안 될 거라는 두려움. 두려움은 자기 자신에 대한 불신에서 온다. 자신을 믿을 때 두려움은 사라진다.

'궁즉변'은 세상은 언제나 변한다는 것을 전제로 하는 말이다. 변하지 않는 세상은 없다. 세상은 변하는 데 변하지 않는 것은 자기 자신뿐이다. 변하는 게 두렵고 이미 익숙한 환경에서 벗어나는 게 낯설기 때문이다. 그러나 변화의 첫걸음을 떼지 않는 한 새로운 세계로의 진입은 어렵다. 강을 건너느라 지금까지 타고 온 뗏목을 버리지 않는다면 우리는 영원히 다른 언덕에 가닿을 수 없다. 모든 변화의 첫걸음은 첫발을 떼는 것이다. 거기서부터 엉킨 실타래가 풀려 나온다. 인생에는 그때가 아니면 할 수 없는 일이 있는데, 시의적절하게 변하는 일도 그런 일이다.

두려움은 자기자신에 대한 불신에서 온다.

자신을 믿을 때 두려움은 사라진다.

세게 찬다고
두 골 아니다

"네, 홍길동 선수, 한 사람 제치고, 두 사람 제치고, 골키퍼와 1 : 1 상황, 강-슛~, 아, 아깝습니다 골대를 살짝 빗나갔습니다."

이런 광경을 실제 축구 경기에서 보았다면 우린 어떻게 생각할까? 수비수까지 제쳤다면 아마 골문 바로 앞이거나 그 근처일 것이다. 그런데 있는 힘껏 강슛을 때려 골문을 빗나갔다. 대부분 그런 경우라면 정확히 살짝 밀어넣는 게 보통인데, 그러지 않고 강슛을 때려 공이 골대 밖으로 날아갔다. 세게 찬다고 두 골로 인정해 주지 않는데 있는 힘껏 차 노골이 되고 말았다.

나는 이 글귀를 「금강일보」라는 중부지역 신문에 실린 '김정동의 순설順說'이라는 글에서 보았다. 내가 이 책에서 이 글귀를 다루는 것은 우리 사회에 세게 차면 두 골로 쳐줄 거라고 믿는 사람들이 많기 때문이다. 우리 속담에 목소리 큰 놈이 이긴다는 말이 있다. 이 말은 목소리가 크면 상대방의 기선을 제압해 기 싸움에서 이기고 들어간다는 뜻이다. 그리하여 무슨 일이 벌어지면 두 눈을 허옇게 치켜뜨고 이마의 핏대를 세우며 쌍욕에 고함부터 지르는 사람이 있다. 이런 사람이 바로 세게 차면 두 골로 쳐줄 거라고 믿는 사람들이다. 그러나 큰 소리만으로 과장된 몸짓만으로 승부가 갈릴까? 만약 그런 사람을 만나면 대꾸하지 말고 조용히 휴대폰으로 경찰을 부르면 된다. 그런 다음 잘잘못을 조목조목 차분하게 설명하면 된다. 같이 대거리하면 상대방의 의도에 말려들 뿐이다.

누구나 흥분하면 목소리가 커진다. 목소리가 커지면 이

성을 잃고 일을 감정적으로 처리하기 쉽다. 상대방이 똑같이 나올 경우 뜻하지 않게 폭력을 행사할 수도 있고, 일이 처음과 달리 엉뚱한 방향으로 흘러갈 수도 있다.

개인적으로도 세게 찼으니까 두 골로 인정해달라고 하는 사람들이 있지만, 사회적으로도 그런 현상이 나타난다. '침묵의 나선이론'이라는 게 있다. 여론이 형성되어 가는 과정에서 자신의 입장이 다수의 의견과 동일하면 적극적으로 동조하지만, 소수 의견일 경우에는 남에게 나쁜 평가를 받거나 고립될 것을 두려워해 침묵하는 것을 말한다. 여론 형성 과정이 마치 나선형으로 이루어진다고 해서 그런 이름이 붙여진 것인데, 고립에 대한 두려움과 주류에 속하고자 하는 사람의 욕망을 나타낸다. 다시 말해 사람 많은 쪽에 붙어 자기 소리를 크게 내려는 성향이 사회 여론을 형성한다는 것이다.

다수의 편에 붙어서는 것이나 목소리부터 크게 질러놓고 보는 것이나 겉은 달라도 속은 같다고 말할 수 있다. 둘다 자기에게 이로운 입장에 서려고 하는 것이다. 그러나 자기 목소리가 크다고 해서 옳은 의견으로 받아들여지지 않는다. 사실에 따른 설득력이 있어야 하고 누가 보아도 고개가 끄덕여지게 이치에 맞아야 한다.

우기면 될 거라는, 목소리 크면 이길 거라는 막무가내형 무대뽀들이 많은 사회일수록 당연히 후진사회다. 오늘도 나는 집 앞 사거리에서 교통사고가 나 목소리부터 질러대는 사람을 보았다.

해도
안 되는 일이
있다

공자의 '사무四毋'라는 게 있다. 평소 공자가 네 가지 일을 하지 않았다는 말이다. 논어』「자한편」에 나오는데, 그 네 가지는 무의毋意, 무필毋必, 무고毋固, 무아毋我이다. 여기서 무毋 자는 ~~ 하지 말아라, ~~하지 않는다는 뜻의 금지사이다.

⊙ 무의毋意 : 여기서 의意는 사적인 견해로 주관적인 편견으로 사물을 판단하거나 지레짐작하지 않았다는 것이고,

⊙ 무필毋必 : 반드시 무슨 일을 관철하겠다고 무리하게 굴지 않았으며,

⊙ 무고毋固 : 자기 생각이나 행동만이 옳다고 큰소리치거나 고집부리지 않았고,

⊙ 무아毋我 : 자기 자신만 내세우거나 이기적인 행동을 하지 않았다는 것이다.

윗글을 보면서 내 눈길이 오래 머문 글자는 두 번째 '무필'의 '필' 자였다. 이 '필' 자는 반드시라는 뜻으로 '기필코'와 같은 말로 쓰인다. 반드시 ~~ 해야 한다, 라는 말이다. 그런데 이 글자를 보면서 드는 생각은 세상에 반드시 해야 할 일이 있나? 그리고 자기가 꼭 해야 한다고 해서 그 일이 이루어지나? 그건 욕심 아닌가? 어떤 일을 이루고자 하는 욕심이 지나쳐 반드시 그 일을 해야 한다고 저 혼자 그렇게 생각하는 것 아닌가, 하는 거였다.

하면 된다, 라는 말이 있다. 박정희 군사정권의 경제개발 논리에서 시작된 이 말이 지금도 당연한 말처럼 여기저기

쓰인다. 하면 되는데 왜 해보지도(노력하지도) 않고 안 된다고 하느냐, 하며 자기주장을 정당화하거나, 상대방을 핀잔한다. 하지만 세상에는 해도 안 되는 일이 있는 법이다. 안 되면 반드시 되게 하라? 그래도 안 되는 일은 안 되는 것이다.

공자는 익히 알다시피 세상을 교화하기 위해 철환천하轍環天下, 수레를 타고 천하를 돌아다녔던 사람이다. 그가 앉은 자리는 따뜻할 새가 없을 정도로 부지런히 천하를 주유周遊, 널리 돌아다녀 자신의 이상을 펼치려 했던 사람이다. 그런 공자가 어떤 일을 반드시 되게 하겠다고 하지 않은 것이다. 의지가 약하고 노력을 기울이지 않아서가 아니다. 전심전력을 다해 자기가 할 수 있는 일은 하되, 그 결과는 사람에 속한 것이 아니니 내가 어찌할 수 없음을 알았다는 것이다.

하면 된다, 안 되면 되게 하라, 라고 말하는 사람은 공자의 4무를 깊이 이해할 필요가 있다. 반드시, 꼭, 절대로, 이런 말들은 자기 자신뿐 아니라 주위 사람을 옥죈다. 자기 밧줄로 자기 스스로를 꽁꽁 묶어 꼼짝 못 하게 한다. 저 혼자만 숨이 막히는 게 아니라 옆 사람까지 숨이 막혀 질식한다.

반드시보다는 '어쩌다'가 인생에 더 가깝다.

기심機心

18세기 영국의 산업혁명이 기계의 발명으로 시작되었음은 익히 아는 사실이다. 이후 인류의 삶은 기계의 영향력에서 벗어날 수 없게 되었다. 처음 인간에 의해 통제되던 기계는 이제 자기 뜻대로 현실을 개조하는 단계에까지 와 있다. 오늘날 기계는 단순히 어디에 사용되는 기계가 아닌 '기계문명'을 이루고 있다. 도시도 기계도시이고 시골도 기계시골이 되었다. 기계 사이에 사람이 끼어 생존하고 있다고 해도 지나치지 않다. 이렇게 본다면 문명의 발달이란 곧 자연의 유기적인 것이 인공의 기계적인 것으로 재조립되는 과정이었다. 시골 부억에서 다홍빛 불꽃을 피워올리며 타던 장작불이 가스레인지로 대체된 것을 보라. 하지만 이것은 아주 소박한 정서적 차원의 일일 뿐이다. 오늘날에는 인간이 있는 곳에 기계가 있는 것이 아니라, 기계가 있는 곳에 인간이 있다고 보아야 한다.

인간의 몸에서 기계적 원리를 발견한 최초의 사람은 데카르트였다. 그는 인간의 몸을 기계인 시계에 비교하여, 사람의 죽음을 시계가 고장 나 멈춘 것으로 보았다. 데카르트의 이런 기계적 사고는 후에 라깡, 들뢰즈와 가타리 등으로 이어져 발달하는데, 특히 들레즈와 가타리는 아예 기계를 '존재의 모태'로 확립하여, 인간의 손을 떠난 독자적인 존재 형태로까지 보았다.

동양에서 기계에 대해 처음 언급한 이는 아마도 장자일 것이다. 나는 현암사에서 나온 『다시 읽는 원전 장자』 중 「천지편」을 읽다가 이 사실을 확인하였다. 거기에 이런 말이 나온다.

"(공자의 제자 자공이 길을 가는데 한 노인이 밭에 물을 주고 있었다. 노인의 하는 일이 수고에 비해 효과가 없자 두레박이라는 기계를 써서 해 보라고 한다. 이에) 밭일을 하던 노인이 불끈 낯을 붉혔다가 웃으며 말했다. "나는 내 스승에게 들었소만, 기계를 갖는다면 기계에 의한 일이 반드시 생겨나고 그런 일이 생기면 기계에 사로잡히는 마음이 생겨나오.(有機械者 必有機事 有機事者 必有機心) ~ 이하 생략"

기심機心이란 기계를 갖게 되어 생기는 마음이다. 기계를 갖게 되면 그 기계를 관리하고 다루는 일이 생겨나고, 또 일을 좀 더 쉽고 빠르게 힘들이지 않게 하려는 마음이 생긴다는 것이다. 그 결과 순수한 마음이 사라져 도를 이룰 수 없게 된다는 것이 장자가 보는 기계에 대한 요지이다.

기계가 날로 발전하여 이제 기계가 사람의 일을 대신하고, 사람은 기계로부터 소외되는 지경에 이르렀다. 인공지능 생활로봇 등 인간의 정서적이고 지능적인 영역까지 기계가 대신하고 있다. 산업혁명 초기 기계에 일자리를 빼앗긴 사람들이 기계를 파괴하는 러다이트 운동을 벌였지만, 지금은 그럴 수도 없다.

기계를 파괴하면 인간의 삶이 멈추기 때문이다.

이 연기가 없다면
얼마나
적막할 것인가

초등학교 시절, 어머니는 부엌에서 저녁을 준비하시고 아버지는 아궁이에 불을 지펴 쇠죽을 끓이셨다. 뒤곁 굴뚝에서 피어오른 연기가 마당과 마루에 낮게 깔리고, 나는 어둠이 내려앉는 방바닥에 엎드려 미술 숙제를 하고 있었다. 달력 뒷장에 그리는 풍경화였다. 산도 그리고 들도 그리고 초가집도 한 채 그렸다. 하늘은 맨 나중에 그리면 된다. 드디어 나는 집 뒤 굴뚝에서 몽게몽게 솟아오르는 연기를 그린다. 연기를 그려야 그 그림은 완성되었다. 왜 그랬는지 모른다. 나무와 집과 사람이 다 있어도 굴뚝의 연기가 빠지면 그림은 맹탕이 되었다.

유년기의 그리기 체험에서 얻은 정서를 나는 어른이 된 후 베르톨트 브레히트의 시 「연기」를 읽으며 다시 만났다. 브레히트는 20세기에 활동한 독일의 극작가이자 시인, 그리고 연출가다. 주로 사회주의적인 작품을 연출했으며, '낯설게 하기'라는 개념을 연극 연출에 사용한 것으로 유명하다. 히틀러의 나치즘을 비롯해 현실에 대한 가차 없는 비판과 풍자를 작품에 반영한 사회주의자였다.

연기

호숫가 나무들 사이에 조그만 집 한 채
그 지붕에서 연기가 피어오른다
이 연기가 없다면
집과 나무들과 호수가
얼마나 적막할 것인가

내가 어려서 그린 풍경화 속의 연기와는 물론 차이가 있다. 내가 그린 굴뚝의 연기는 개인적이고 즉물적인 연기였다. 하지만 브레히트의 연기는 '인간의 삶'을 나타낸다. 더 구체적으로 노동하는 인간의 삶에 대한 은유이다. 아무리 주변 환경이 아름답다 할지라도 그 주변 환경을 물들이는 인간의 실체적 삶이 없다면 그야말로 적막하고 쓸쓸한 풍경일 따름이다. 보온과 식사를 준비하는 인간이 피워올리는 연기가 있음으로써 집과 호수와 나무들이 비로소 아름다운 풍경으로 자리한다.

늦은 저녁때 호숫가 나무들 사이에 조그만 집이 한 채 있다. 헨리 데이빗 소로가 살았던 월든 호숫가도 좋고, 사진이나 그림에서 보았던 풍경을 떠올려도 좋다. 그 집에서 누군가가 저녁을 준비하기 위해 아궁이에 불을 지펴 연기가 피어오른다. 연기는 집 마당과 주변의 나무 사이로 낮게 펴져 갈 것이다. 연기는 집과 나무와 호수를 그리고 어둠이 내려앉는 먼 하늘을 하나로 연결해준다. 인간과 자연이 연기 속에서 하나로 어두워지고 있다.

진정한 용기는 스스로에게 비겁하지 않아야 한다

이 말은 김택근 작가가 2021년 2월 20일 경향신문에서 「백기완 선생께서 묻고 있다」라는 글에 쓴 것이다. 글의 제목을 보고 이 말이 무엇을 뜻하는지 아마 독자들은 금방 알아차렸을 것이다. 스스로에게 비겁한 사람은 진정한 용기를 발휘할 수 없다는 말이다. 스스로에게 비겁하지 않은 사람이 누가 있을까? 우선 떠오르는 사람은 윤동주 시인이다. 그의 「서시」에 나오는 "하늘을 우러러 한 점 부끄럼이 없기를", 이것이 스스로에게 비겁하지 않은 경지이다. 윤동주 시인 말고 또 누가 있을까? 우리에게도 그런 때가 있었다면 그건 잘못된 말일까?

누구에게나 자기 모습을 거울에 비춰 보아 비겁하지 않았을 때가 있을 거라는 생각이 든다. 그렇게 순수할 때, 불의를 보면 참지 못하고 덤벼들 때가 누구에게나 있었지만, 그러나 세속의 여러 문제들, 경제 사정, 탐욕, 명예심, 이기심 같은 것들이 끼어들면서, 자신에게 스스로 비겁해졌다는 말이다. 『채근담』에 나오는 말이다.

> "사람이 일단 사사로운 이익을 탐내는 마음이 생기면, 문득 강한 기운이 꺾여 나약해지고, 슬기가 막혀 어두워지며, 너그러운 마음이 변하여 가혹해지고, 조촐한 뜻이 더러워져 일생의 인품을 깨트리고 만다."

사사로운 이익을 탐내지 않고 대의명분에 충실할 때 사람은 진정한 용기를 발휘할 수 있다. 그러나 사람이 세상에 살면서 세속의 욕심에 휘둘리지 않는 일은 지극히 어렵다. 열정의 불길이 타오르는 젊은 시절에는 거울에 비춰보아 한 점 흠이 없을 정도의 염결성을 가질 수 있다. 그런 바탕에서 그 사람의 기개가 뿜어져 나오고, 그 기개 앞에서는 차가운 얼음덩이도 쪼개져 녹아내린다. 그러나 그러던 사람이 결혼하고 직업을 갖게 되고 나이가 들어 여러 정치나 사회활동을 하면서 사람이 달라진다. 이기利己에 사로잡히면 강직했던 기개도 사그라들고 은혜로운 품성도 냉정해지며 밝았던 지혜도 권모술수의 농간이 된다.

그렇다고 우리가 스스로에게 비겁하지 않은 사람이 되어야 한다는 말은 결코 아니다. 그것을 바라기에 우린 이미 그러한 인생의 단계를 지나왔고, 맑은 시내가 아닌 혼탁한 강물이 되어 흐르고 있다. 하지만 이 말의 가치마저 부정할 수는 없다. 자신에게 뭔가 떳떳하지 못한 구석이 있는 한 누구나 진정한 용기를 발휘할 수 없다. 어느 지점에선가 끝까지 용기를 발휘하지 못하고 양심에 찔려 움츠러들기 때문이다.

통마음

나는 마음속으로 아끼는
그 무엇에 대해서는 겉으로 표나게 드러내지 않는다. 사람도 그렇고 책 같은 것도 그렇다. 사람이든 책이든 음악이든 '이건 진국이다' 싶은 것은 마음속에 깊이 담아두고 지낼 때가 많다.

대학 2학년 때 나는 처음으로 마르틴 부버의 『나와 너』라는 책을 읽었다. 지금은 책 내용도 기억나지 않는다. 다만 시간이 지날수록 그 책이 진국이었다는 느낌만은 강하게 들었다. 그러면서 나는 가끔 마르틴 부버는 지금 뭐할까? 그 후 다른 책은 안 썼나? 하는 생각을 하곤 하였다. 그런 식으로 그와의 관계를 지속해 왔다. 웬만하면 『나와 너』를 다시 구해 읽었으련만, 그런 일도 없이 그저 그를 잊지 않는 마음으로 그와의 관계를 계속해 갔던 것이다.

그러다 우연히, 정말 우연히 그를 다시 만났다. 천안 카톨릭 서점에서였는데, 거기 쪼그만 책이 하나 있었다. 56쪽짜리, 제목이 『인간의 길』이었다. 이제부터 하고자 하는 이야기는 그 책에 나오는 것이다.

> "루블린의 랍비가 이끌던 하씨딤 중 한 사람이 한 번은 안식일부터 다음 안식일까지 단식을 하였다. 금요일 오후가 되자 목이 말라 죽는 줄 알았다. 그러나 한두 시간만 견디면 될 것을 가지고 자기가 한 주일 내내 해 오던 단식을 망치려 할 판임을 순간 깨달았다. 물을 안 마시고 그냥 우물에서 물러섰다. 그러자 어려운 시련의 고비를 넘겼다는 자만심이 느껴졌다. 이것을 깨닫자 그는 '내가 차라리 우물에 가서 물을 먹는 것이 마음을 교만에 빠뜨리는 것보다는 낫겠다'고 속으로

생각했다. 그래서 도로 우물가로 가, 허리를 굽혀 물을 길으려 했더니 갈증이 없어졌다. 안식일이 되자 그는 스승의 집을 찾아갔다. 문턱을 막 넘는데 랍비가 그에게 '쪽모이' 하고 호통하더라는 것이다."

스승이 열심히 단식한 제자를 다루는 모진 일면이 이 글에 나타나 있다. 제자는 어려운 고행을 해내느라 최선을 다했다. 단식을 중단하려는 유혹을 받고도 그 유혹을 이겨냈는데, 그 고생을 하고 나서 스승에게 받은 보상이라고는 꾸지람뿐이었다. 아마도 제자가 겪은 가장 큰 어려움은 영혼을 압박하는 육신의 힘이었을 것이다. 하지만 제자는 비록 갈등 속에서였지만 그것을 물리쳤다. 게다가 그는 자만에 빠지려는 자신을 깨달아 그것마저 극복하려 하였다. 그런데 스승은 그를 모질게 야단쳤다. '쪽모이'라고. 쪽모이란 갈라진 마음이란 뜻이다.

스승이라고 고행을 반기는 사람은 아니었을 것이다. 그런데 스승은 제자를 야단쳤다. 그것도 아주 모질게! 아마도 스승이 제자에게 한 말의 참뜻은, 그런 식으로 해서는 더 높은 경지에 이르지 못한다는 것이었을 거다. 제자가 목적을 달성하지 못하게 될지도 모르는 무언가에 대한 경고였을 것이다.

나는 이 글을 읽으며 몸에 전율이 일었다. 왜? 나도 그 제자와 같은 경우가 많았으니까. 그러면서 나는 한술 더 떠 "인간이니까 그렇지. 인간인 이상 어쩔 수 없잖아?" 하고 자신을 타이르고 위로하며 스스로 합리화까지 했었다.

세상엔 타고나서인지 아니면 혹독한 훈련을 거쳐서인지 갈라지지 않은 통마음을 가진 사람들이 있다. 통마음은 통나무처럼 쪼개지지 않은 마음이다. 통마음을 가진 사람은 일반인과 달리 한결같은 마음으로 큰일을 해내는데, 그것은 아마도 그들의 마음이 그렇게 움직여 주기 때문일 것이다. 하지만 나 같은 사람은 마음이 장마철에 흐르는 물줄기처럼 이리저리 여러 갈래로 갈라져, 그에 따른 행동도 필연적으로 그렇게 되고 만다. 갈팡질팡하는 마음이 번뇌를 일으켜 갈팡질팡하는 행동으로 나타나는 것이다.

스승은 제자에게 사람은 능히 자기 마음을 하나 되게 할 수 있다는 것을 가르쳐 주고자 하였다. 다시 말해 여러 갈래로 복잡하게 흐르는 마음도 한결같은 마음이 될 수 있다는 것을 가르쳐 주려 했던 것이다.

아, 제자는 과연 스승이 말한 통마음을 갖게 되었을까?

통마음.

쪽모이.

40일이라는 시간

『장자』「달생편」에 '목계木鷄' 이야기가 나온다. 기원전 8세기 경 중국 주나라 선왕이 닭싸움을 좋아하여, 싸움닭 한 마리를 들고 기성자라는 투계 조련사를 찾아가 최고의 싸움닭으로 만들어 달라고 한다.

"기성자가 왕을 위해 싸움닭을 길렀다. 10일이 지난 뒤 선왕이 기성자에게 물었다. 닭이 충분히 싸울 만한가? 기성자가 대답했다. 아닙니다. 아직 멀었습니다. 닭이 강하긴 하나 교만하여 아직 자기가 최고인 줄 알고 있습니다. 그 교만을 떨치지 않는 한 최고의 투계라 할 수 없습니다. 다시 열흘 뒤 선왕이 또 물었다. 기성자가 대답했다. 아직 멀었습니다. 교만함은 버렸으나 상대방의 소리와 그림자에도 너무 쉽게 반응합니다. 태산처럼 움직이지 않는 진중함이 있어야 최고라 할 수 있습니다. 또 10일 후 선왕이 다시 묻자, 기성자는 다음과 같이 대답했다. 아직 멀었습니다. 조급함은 버렸으나 상대방을 노려보는 눈초리가 너무 공격적입니다. 그 공격적인 눈초리를 버려야 합니다. 마지막 열흘이 지난 뒤 선왕이 묻자 기성자는 이제 목계木鷄가 되었다고 대답했다. 이제 된 것 같습니다. 상대방이 소리를 질러도 아무 반응을 보이지 않고 완전히 마음의 평정을 찾았습니다. 나무와 같은 목계가 되었습니다. 닭의 덕이 완전해졌기에 이제 다른 닭들은 그 모습만 보고도 도망갈 것입니다."

이 글에는 투계의 등급이 나와 있다. 기운만 믿고 달려드는 투계는 최하급 수준이다. 상대방의 소리와 그림자에 쉽게 반응하는 것, 상대방을 째려보는 눈초리가 너무 공격적인 것 모두 진정한 싸움닭이 갖추어야 할 면모가 아니다.

그러나 내가 이 글에서 주목하고자 하는 것은 이런 투계의 등급이 아니라 진정한 싸움닭인 '목계'가 되기까지 걸리는 시간이다. 이 우화에 따르면 평범한 싸움닭이 투계의 최고 경지인 목계가 되기까지 걸리는 시간은 40일이다. 40일이면 한 달이 넘는 기간이다. 어떤 과학적 근거에 의해 장자가 이렇게 말한 것은 아니지만, 40일이라는 기간이 터무니없이 제시된 것도 아니라는 생각이다.

사람도 사소한 습관이나 버릇 하나를 고치는데 최소 두 달이 걸린다고 한다. 흡연하던 사람이 금연할 때 일차적으로 주어지는 고비의 시간이 두 달이다. 교통사고로 심하게 얼굴이 망가져 성형한 결과 거의 다른 얼굴이 되었는데도, 그 낯선 얼굴을 자기 얼굴로 받아들이는데 걸리는 기간 역시 두 달 남짓이라고 한다.

자신을 극복하여 진실한 '양생養生'의 길에 도달하기 위해서는 평생이 걸릴지도 모른다. 그러나 잘못된 작은 습관 하나라도 고치기 위해서는 최소 두 달은 걸린다는 것을 우리는 이 이야기를 통해 알 수 있다.

나는 하지 않는 일을 하겠습니다

허먼 멜빌은 미국을 대표하는 소설가다. 우리에게 잘 알려진 작품으로 『모비딕』이 있다. '백경白鯨'이라는 제목으로 번역되기도 했는데, 흰 고래 모비딕에게 한쪽 다리를 물어뜯긴 에이하브 선장이 악착같이 모비딕을 추격하여 사흘간이나 사투를 벌이지만 패배한다는 내용이다. 허먼 멜빌은 사후에 재평가되어 미국을 대표하는 작가의 지위에 올랐지만 생전에는 불행했다.

그의 대표작인 『모비딕』이 평생 3천 부도 안 팔렸다고 한다. 그런 그가 전혀 예외라 할 소설을 썼는데 그게 바로

『필경사 바틀비』이다. 1853년에 발표된 이 소설은 당시 미국 금융경제의 중심인 월 스트리트를 배경으로 하는데, 이 작품에 대단히 문제적인 인물 '바틀비'가 나온다. 바틀비가 하는 말은 오로지 '안 하는 편을 택하겠습니다'이다. 다음과 같다.

> 나는 내가 취할 수 있는 가장 분명한 어조로 요구를 반복했다. 그러나 그만큼 분명한 어조로 그 전과 같은 대답이 되돌아왔다.
>
> "안 하는 편을 택하겠습니다."
>
> 나는 크게 흥분하여 일어나 성큼성큼 방안으로 가로지르며 그의 대답을 되풀이했다.
>
> "그게 무슨 말인가? 자네 머리가 어떻게 됐나? 여기 이 서류의 검증을 도와주게. 자, 여기 있네."
>
> 내가 그에게 서류를 들이밀었다. 그러자 그가 말했다.
>
> "안 하는 편을 택하겠습니다."

바틀비는 변호사 사무실에 필경사로 취직한다. 그런

데 그가 하는 말이라곤 안 하는 편을 택하겠다(I would preper not to)는 말뿐이다. 그는 실제로 고용주가 무슨 일을 부탁해도 그야말로 집요하게 망설이지 않고 '안 하는 편을 택하겠다'라는 말만 한다. 그리고 실제로 어떤 일도 절대 하지 않는다. 이러한 바틀비의 고집스런 집요함은 처음엔 답답하다가 나중엔 무섭고 섬뜩해질 정도다. 바틀비를 고용한 변호사는 바틀비를 견디다 못해 해고하지만, 그러나 해고통지에 돌아오는 대답은 안 하는 편을 택하겠다는 말뿐이다. 할 수 없이 변호사는 바틀비만 남겨 두고 사무실을 다른 곳으로 옮긴다. 그런데도 바틀비는 그 사무실에 남아 있다 강제로 쫓겨나, 부랑자로 사무실 근처를 떠돌다 구치소에 수감되어 죽는다.

바틀비가 실제로 아무 일도 안 하는 것은 아니다. 그는 하지 않는 일을 한다. 이게 무슨 말인가? 아무 일도 안 하는 것이나, 하지 않는 일을 하는 것이나 같은 말 아닌가? 그렇긴 하지만 그렇지 않다. 아무 일도 안 하는 것은 그야말로 무위도식無爲徒食이지만, 하지 않는 일을 '하는 것'은 어떤 확고한 주관에 의해 스스로 선택해 안 하는 것이다. 바틀비는 후자의 경우로 자신이 선택한 '하지 않는 일을 끝까지 하는' 행동을 집요하게 어떤 상황에도 굴하지 않고 죽음에 이르기까지 밀고 나갔다.

기댄다는 것

앞서 말한 소설 『필경사 바틀비』에서 나는 바틀비라는 문제적 인물에 대해 초점을 맞추어 이야기했다. 그런데 여기서 한 가지 좀 더 살펴보아야 할 게 있다. 바틀비는 그렇다 치고, 그 바틀비를 고용한 변호사에 관한 것이다. 고집불통에 어떤 말도 통하지 않는 바틀비를 고용한 변호사의 마음고생은 어땠을까? 그걸 일일이 설명하기란 곤란하다. 한 마디로 재수 없는 놈 때문에 '폭망했다'일 것이다. 사사건건 바틀비의 안 하는 편을 선택하겠다는 말에 머리에 쥐가 날 정도였으니까. 처음엔 화가 나다 나중엔 우울감에 빠져 고용주로서 직원 채용을 잘못한 자신에 대한 참담한 자괴감에 이르렀을 것이다. 그래서 결국 바틀비를 해고하고 사무실을 다른 것으로 옮긴다.

"잘 있게, 바틀비. 나는 이제 가네… 잘 있게. 모쪼록 신의 가호가 있기를 빌겠네. 그리고 이거 받게."

그의 손에 얼마간 쥐여주었지만 돈은 바닥에 그대로 떨어졌다.

이렇게 사무실을 옮긴 후 바틀비는 어떻게 되는가? 끝까지 자기 자리를 고수하던 바틀비는 강제로 내쫓기고, 사무실 근처를 부랑아처럼 배회하다, 구치소에 수감 되어 죽는다. 한 마디로 바틀비는 고용주인 변호사와 같이 있을 때까지만 살아있고, 변호사가 사무실을 다른 곳으로 옮긴 후에는 죽는다. 이는 변호사가 바틀비를 데리고 있을 때까지, 다시 말해 바틀비가 변호사에 기댈 수 있을 때까지 바틀비는 살아있다.

빈 자루는 홀로 서지 못한다. 빈 자루가 서려면 그 안에 모래라도 담겨 있어야 한다. 빈 자루는 모래에 기대어 서는 것이다. 늙은 아내가 먼저 세상을 떠나면 얼마 못 가 기댈 곳이 없어진 남편은 곧 죽게 된다고 한다. 평소에 품에 안고 보살펴준 엄마가 죽자 의지할 곳이 없어진 장애 자식이 죽는다고 한다.

바틀비는 오로지 하지 않는 일만 하겠다고 고집하는 심각한 문제의 사람이다. 실제로 우리 주변에 바틀비와 같은 사람이 있다면 사회생활은 물론 어디에서도 자기 한 몸 건사하기가 어려울 것이다. 그러나 여기서 잠시 생각해 보자. 사람에게는 정도의 차이는 있지만 누구나 바틀비와 같은 면이 있다. 곧 자기 안에 꽉 막힌 부분이 있어서 주위 사람을 애먹인다는 것이다. 그런 사람이 그래도 세상을 살아가는 것은 그 막힌 부분을 견뎌주는 사람이 있기 때문이다.

바틀비는 고용주인 변호사에 감사할 줄 몰랐지만, 우리는 늘 주위 사람에게 감사해야 한다.

빈 자루는 홀로 서지 못한다.

빈 자루가 서려면 그 안에

모래라도 담겨 있어야 한다.

태도의 문제

예전에 학교에 근무할 때였다. 퇴근길에 라디오 방송을 들으려고 다이얼을 돌리는 데 얼핏 이런 말이 흘러나왔다. "사람의 많은 문제는 태도에 달려 있다." 아마 종교 방송 가운데 하나였지 않을까 싶은데 그 말에 다이얼 돌리던 손을 뚝 멈추고, 흘러나오는 말에 귀를 기울였다. 말의 요지는 현대인은 어떤 일에 반응에 익숙해져 있는데, 반응이 아닌 태도를 가져야 한다는 것이었다. 나는 재미가 없어 이내 다이얼을 다른 곳으로 돌렸다. 그런데 이상하게도 그때 들은 '태도의 문제'라는 말이 오래 귓가에 맴돌았다. 그러면서 어떤 일이 생길

때마다 내가 지녀야 할 태도가 무엇인지 생각하는 습관이 생겼다.

사전적 의미로 태도란 어떤 일이나 상황에 직면했을 때 가지는 입장이나 자세다. 이는 누구나 다 그럴 것 같지만 생각해보면 그렇지도 않다. 사람들은 어떤 일에 대해 태도를 갖기 전 반응부터 한다. 반응으로 시작해 반응으로 끝난다고 볼 수 있다. 반응은 즉각적이고 감정적이다. 마치 거울이 빛을 되쏘아 내는 것처럼 어떤 일이나 상황에 대해 별생각 없이 반사적으로 반응하는 것이다. 우리는 반응하지 않으면 안 될 여러 반복적 신호에 둘러싸여 있다. 게임기나 전자오락기의 신호음, 카톡 전화 등의 신호음, 전자기기 생활용품에서 나는 소리 등은 우리를 무의식적으로 반사적 행동에 길들여지게 한다.

나치의 유태인 수용소에서 살아 돌아와 '로고테라피'라는 심리 이론을 개발한 빅터 프랭클은 다음과 같이 말한다.

"인간은 자극이 반응으로 바로 연결되는 게 아니라 그 사이에 우리가 어떤 태도를 결정할 수 있는 공간이 있다고. 그 상황에 굴하지 않고 그에 대한 태도를 결정할 수 있다는 점에서 인간은 진정으로 존엄한 존재라고."

'자극 - 반응' 시스템은 상황에 휩쓸리는 것이다. 어떤 자극에 감정이 걸러지거나 생각이 다듬어질 틈을 갖지 않고 곧바로 되받아치는 행위이다. 즉각적인 반응은 인간과 사물, 인간과 인간 사이에도 나타난다. 그런데 프랭클은 자극과 반응 사이 우리가 어떤 태도를 결정할 여지가 있다고 한다.

우리는 살아가면서 상황에 휩쓸리지 않는 사람을 본다. 암 선고를 받았는데 태평한 사람, 집에 불이 나 모든 것이 다 탔는데도 마음의 여유를 잃지 않는 사람, 소중한 것을 잃었는데 감정의 동요가 적은 사람, 큰 소리로 욕하는 사람 앞에서 허허 웃고 돌아서는 사람. 모두 어떤 일에 대해 그 자리에서 곧바로 반응하지 않고, 자기만의 태도를 갖는 사람들이다. 버럭 화를 낼 것인가, 조급해할 것인가, 불안해할 것인가, 평화로울 것인가, 이런 여러 일들은 그때마다 어떤 태도를 갖느냐에 달려 있다.

이제
그만하자

우연히 충남 아산에 있는 S고 학교 신문을 보았다. 『인생은 아름다워』라는 제목으로 발행처가 교내 '예술체육건강부'였다. 발행처의 이름이 특이했다. '예술'이라는 상당히 포괄적인 말이 앞에 들어가서였다. 요즘 학교에서 인성을 앞세우는 것은 몰라도 예술을 앞세우는 일은 드물기 때문이다. 그 신문에 「내 몸의 이미지가 아닌 생명을 위하여」라는 글이 눈길을 끌었다. 길지만 인용한다.

"체육 시간에 어떤 학생들은 운동하는 것을 주저합니다.

'저는 못해요!', '제가 뚱뚱해서 운동하는 거 다른 사람이 쳐다보는 게 싫어요'. '선생님, 저 너무 말랐지요? 그래서 창피해요.' 등등의 말들을 하지요. 또 많은 청소년들이 외모에 대해 고민을 합니다. 매스컴에 세뇌되어 남자는 큰 키에 식스팩, 여자는 날씬한 S라인 같은 것을 원하기도 합니다. 극단적으로는 자신에게 못 생겼다고 화를 내는 사람도 있습니다.

한 사람이 자기 몸을 어떻게 인식하는가 하는 것은 중요합니다. 미국의 심리학자 토마스 캐시는 이러한 외모와 관련한 인식, 신념, 생각, 느낌과 행동을 바디이미지라고 부릅니다. 자기 몸에 대한 정신적 그림이라는 것이지요. 이 학자는 자기 몸을 있는 그대로 받아들이는 데 어려움을 느끼면 자존감이 낮아지고 대인 관계에서 불안을 느끼는 상황으로 이어질 수 있다고 합니다. 여러분은 어떤가요? 부정적인 자기 몸의 이미지로 괜히 위축되어 있지는 않나요? 혹시 이 때문에 마음에 와닿는 사람에게 다가가지 못하거나 우정을 맺을 좋은 기회를 놓치고 있지는 않나요?

기억해 둡시다. 나는 내 키, 몸무게, 성적, 등수, 재산 등 숫자보다 더 큰 존재라는 것을요. 우리에게 널리 알려진 소설, 『어린 왕자』에 '어른들은 숫자를 좋아한다'는 말이 나와요. 여기서 어른이란 단순히 나이가 많은 사람이 아닙니다. 트라우마나 기타 어떤 이유에선지 안타깝게도 고정관념에 갇혀 성장이 멈춘 사람을 뜻합니다. 여러분이 어린 왕자 속 어른들처럼 자기 이미지에 대한 고정관념을 벗으려면 우선 거울을 보며 자신을 계량하고 판단하는 것을 멈추십시오. '이제 그만하자' 하고 웃어도 좋아요. 그 대신 내 마음속에 무엇이 있는지 살피고, 내 몸에서 지금 어떤 일이 일어나고 있는지를 헤아리며 진심으로 자신에게 관심을 가지세요. 그러는 가운데 자신을 돌보며 세상에 하나뿐인 내 생명을 아끼고 감사하며 기쁘게 살기를 빕니다."

이 글은 교사가 학생을 대상으로 쓴 것이지만, 일반인이 읽어도 좋겠다. 이 글에는 참 좋은 말이 많이 나온다 "나는 내 키, 몸무게, 성적, 등수, 재산 등 숫자보다 더 큰 존재라는 것을요.", 그리고 "(어린 왕자에서) 어른이란 단순히 나이가 많은 사람이 아닙니다. 트라우마나 기타 어떤 이유에

선지 안타깝게도 고정관념에 갇혀 성장이 멈춘 사람을 뜻합니다." 같은 말들이다.

우리는 과연 숫자로 나타내지는 자신보다 더 큰 존재인가? 지금까지 해왔던 어떤 일을, '이제 그만하자'하고 멈출 수 있는가?

네 것이라고 함부로 할 수 없다

앞의 글에서 말한 "이제 그만하자"는 아주 중요한 말이다. 그 말이 실제로 가능하려면 우선 자신의 행위에 대한 자각이 있어야 한다. 자각은 주의력을 바탕으로 이루어진다. 자신의 생각과 행동을 평소에 주의 깊게 인식하는 주의력을 바탕으로 깨달음이 오고, 그러고 나서 '그만하자'는 멈춤이 있게 된다. 그러기까지에는 많은 시간이 걸릴 수 있다. 그 과정에서 숱한 시행착오를 겪을 수 있다. 다음 시를 보자. 제목은 「돌아가는 길」.

돌아간다는 것은

참 다행한 일

지금까지 온 길이

잘못된 길임을 깨달아

발걸음 돌리는 엄청난 일

갈수록 어두워지던 마음이

갈수록 환해지는 마음으로 가는 길

그런데 여기서 지금까지 이야기한 것과 정반대되는 경우를 생각해 보자. 다시 말해 얼짱에 S라인 몸매에 이른바 '바디이미지'에 자신 있는 사람들에 대해서 말이다. 이 사람들은 부모를 잘 만난 태생적인 아름다움에, 성형 등 인공미를 더해 외모에 누구보다 자신감이 뿜어져 나온다. 본인뿐만 아니라 주위 사람 누구나 찬탄하고, 그가 가는 곳이면 미의 화신이 강림한 것처럼 존재 자체가 주위를 압도한다. 이런 사람에게 들려주고 싶은 시가 있다. 제목은 「네 것이라고 함부로 할 수 없다」이다.

> 네 것이라고 함부로 할 수 없다/ 네 얼굴의 이쁨도/ 네 몸의 늘씬한 기럭지도/ 네가 은근히 자랑하는/ S라인 몸매도/ 너의 재능/ 미모/ 끼/ 이런 게 네 것인 줄 알지만/ 네 것 아니다/ 신이 내려준 선물/ 사회의 것이다/ 이것을 네 것으로만 안다면/ 너는 한낱 상품/ 사고팔다 깨지고 말 유리구슬/ 예쁠수록/ 잘나갈수록/ 이 점을 잊지 마라

무서운 이야기다. 아름다운 미모가 자기가 잘나서 그렇게 되었다고 생각한다면 그것은 한낱 '상품', "사고 팔다 깨지고 말 유리구슬"일 거라는 경고다. 왜 아니겠는가? 자본주의 사회에서 미모는 얼마든지 농락당할 수 있다. 천박한 사회일수록 미모는 얼마든지 상품일 수 있으며 성적 유희와 돈의 노예로 전락할 위험이 있다.

잘 생겨서 나쁠 것은 없다. 그렇다고 못 생겨서 나쁠 것도 없다. 못 생긴 사람은 나 못 생겼다고 생각하면 그만이다. 그다음부터 떳떳하면 된다. 오히려 잘 생긴 사람이 처신하는데 더 어렵다. 잘 생긴 사람은 주위에서 그냥 놔두

지 않기 때문이다.

목숨이 걸린 일이다

일본의 하이쿠 시인 가운데 마쓰오 바쇼(1644-1694)라는 이가 있다. 하이쿠란 일본의 정형시인데 3행 17음절로 되어있으며 각 행은 5·7·5 음절로 되어있다. 세계에서 가장 짧은 시로 알려져 있는데, 우리나라 시조의 초장 정도 되는 길이로 보면 된다. 이 하이쿠 시인 중에 대표적인 시인이 마쓰오 바쇼이다. 바쇼는 하이쿠의 완성자 하이쿠의 성인으로 불리며, 일본 사람이 가장 좋아하는 시인이라고 한다. 그는 평생을 시골로 여행하며 은둔으로 살았는데, 시인 류시화가 번역한 다음과 같은 하이쿠는 우리에게도 널리 알려져 있다.

오래된 연못

개구리

퐁덩!

류시화 시인이 번역한 『바쇼 하이쿠 선집』에 바쇼에 얽힌 이야기가 나온다.

"바쇼의 문하생 기카쿠가 자신이 지은 다음의 하이쿠를 들고 왔다. 고추잠자리 / 날개를 떼어 내면 / 한 개의 고추. 그러자 바쇼는 '기카쿠여, 그대는 이 하이쿠가 해학적이며 참신하다 자랑할지 모르지만, 죽이는 것은 하이쿠 정신에 어긋난다.'라며 수정을 가해 다음과 같은 하이쿠를 지었다.

고추에

날개를 붙이면

고추잠자리"

하이쿠의 성인이라 불리는 사람이 십대 제자 중에서도 수제자인 사람과 이마를 맞대고 이런 바보 같은 대화를 주고받고 있지만, 실은 잠자리의 목숨이 걸린 일이다.

제자인 기카쿠가 지은 하이쿠와 바쇼가 지은 하이쿠의 차이는 실로 엄청나다. 고추잠자리 나라에서 두 시를 심사한다면 아마 바쇼의 시는 생명 존중으로 표창을 받겠지만 기카쿠의 시는 그렇지 못해 엄벌에 처해질지도 모른다. 단순한 언어 유희 같지만 두 시에는 엄청난 세계관과 자연관의 차이가 깃들어 있다. 하나는 생명을 살리는, 다른 하나는 생명을 죽이는 세계관이다. 이러한 차이는 평소 살아온 경험과, 축적되어 온 지식 감각 자연과 인간 세계에 대한 사유의 깊이와 하이쿠의 가치에 대한 관점의 차이에서 비롯되는 것이다.

바쇼는 여행하면서 같은 하늘 아래 있는 어떤 것, 같은 땅 위를 걷는 어떤 것도 해치지 마라는 규칙을 세워 지켰다는데, 평소 이러한 자각과 실천이 그의 하이쿠에도 여실히 드러나고 있다.

앙괭이와
체의
구멍

> 너무 잘 그린 그림은/ 사람을 긴장시킨다/ 너무 세련되게 잘 쓴 글도/ 마음을 춥게 한다// 뭉친 긴장을 풀어주는/ 마음을 모닥불처럼 끌어 당겨주는/ 입가에 빙긋이 웃음이 걸리는/ 좀 못 그린 그림// 나도 참견할 틈이 있는/ 좀 잘난 체해도 좋을 것 같은/ 그런 글 그런 그림을/ 나는 좋아한다

나는 언젠가 「못 그린 그림」이라는 제목으로 위와 같은 시를 쓴 적이 있다. 이 시에 어울리는 화가가 김점선이 아닐까 한다. 김점선 화가는 내가 좋아하는 한국 화가 중 다섯 손가락에 드는 이다. 그녀는 주로 말, 오리, 새, 물고기,

토끼 같은 사물을 많이 그렸는데, 마치 초등학생이 스케치북에 마구 그려놓은 낙서 같다. 그런데 뭔가 영혼을 빨아들이는 힘이 있다. 그 힘에 이끌려 그녀의 그림을 자꾸 보게 되고, 어느 땐 빙긋이 미소를 짓기도 또 어느 땐 새로운 세계의 개안開眼에 무릎을 치기도 한다. 그녀는 글도 잘 썼는데 자신이 살아온 인생 이야기에 그림을 곁들여 『10cm 예술』이라는 책을 내기도 하였다. 다음 '앙괭이' 이야기는 그 책에 나오는 것이다.

> "오늘 밤 한 발짝에 산봉우리를 하나씩 딛고 이 산 저 산 넘어서 앙괭이가 온다. 앙괭이가 댓돌 위에 놓인 신발을 하나씩 들여다보며, 이 신 저 신 신어 보다가, 그 중 하나를 들고 가버린다. 그러면 그 신 임자는 죽는다. 그래서 댓돌 옆 바람벽에다 체를 걸어 놓는다. 그러면 앙괭이가 신발을 세어보는 것을 뒤로 미루고 체의 구멍을 세기 시작한다. 하나, 둘, 셋……. 수 백 개도 넘는 구멍을 세고 있는 동안 해가 뜨고, 앙괭이는 신을 못 신고 다시 왔던 곳으로 급히 도망친다."

'앙괭이'는 정월 초하룻날이나 보름날 밤에 인가에 내려와 제 발에 맞는 신을 신고 간다는 귀신이다. 앙괭이의 다리 가랑이가 얼마나 긴지 앙괭이는 걸을 때 이 산 저 산 산봉우리를 밟고 성큼성큼 걷는다는 것이다. 그렇게 거칠 것 없이 산을 딛고 온 앙괭이가 집에 와서 벽에 걸어둔 체의 구멍을 세다 날이 밝아 도망을 간다. 체의 구멍이 얼마나 작은가. 1mm도 안 될 것이다. 산을 하나씩 밟고 걸을 정도로 거대한 앙괭이가 몸을 구부리고 1mm도 안 되는 체의 구멍을 세는 모습을 상상해 보라. 너무 우습지만, 슬프기도 하다. 이렇게 우리나라 토종 귀신이나 도깨비들은 대체로 어리숙하고 착하다.

앙괭이 이야기는 나에게 지금도 놓지 못하는 생각거리를 던져 주고 있다. 성큼성큼 들이닥친 앙괭이가 우리 삶에 전방위적으로 영향을 미치는 이른바 '4차 산업혁명' 시대라면, 그에 대한 삶의 대안으로 가져야 할 '체의 구멍'은 무엇일까 하는 사유이다. 기계문명의 확산과 국경을 넘나드는 초국적 금융자본, 실업, 빈부격차, 자원고갈, 기후악화, 노인문제, 괴질 발생 같은 앙괭이를 막아내기 위해 우리가 집 안에 걸어 둘 체의 구멍은 무엇일까.

자전거, 도서관, 시

나는 앞의 글 「단순함이 진보다」에서 기계와 인공지능이 주도하는 4차 산업혁명 시대에 우리가 살아남을 방도로 '작게, 적게, 자급자족'을 들었다. 크게가 아닌 작게, 많이가 아닌 적게, 자기가 먹을 것은 자기 손으로 길러 먹는 삶이 거센 조류처럼 우리를 휩쓸고 지나가는 기계문명 시대를 건널 수 있는 '작은 배'로 생각해, 이런 나의 생각을 주위 사람들에게 자주 말하곤 하였다. 그러던 중 이반 일리치에 대한 어떤 글(자세히 기억나지 않아 원문을 못 밝힌다)을 읽었는데, 그 글에서 일리치는 인류를 구원하는 세 가지로 자전거, 도서관,

시를 들었다. 이반 일리치는 오스트리아의 철학자인데, 이 분에 대해서는 앞서 「이반 일리치의 뺨에 난 혹」이라는 글에서 언급한 바 있다.

자전거, 도서관, 시.

에너지의 공정성에 대해 이반 일리치는 『행복은 자전거를 타고 온다』라는 책을 쓰기도 했다. 이 책에서 자동차는 자전거에 비해 운송수단으로 비효율적이라는 게 일리치의 주장이다. 자동차는 구입 비용부터, 유지비, 사고 났을 때의 처리 비용, 도로가 정체되었을 때의 시간 허비, 도로 건설비용, 화석연료 사용과 그로 인한 공해, 기후환경 악화 등, 자동차의 모든 면을 고려할 때, 자전거보다 결코 빠르지도 안전하지도 않으며, 우리를 운송수단의 노예로 만든다는 것이다.

도서관은 인류가 문자를 쓰기 시작한 이래 인간의 지혜와 역사가 고스란히 온축되어 있는 곳이다. 인류 문명 발달의 원리 중 하나인 '온고지신溫故知新'의 구체적 내용이 책에 담겨 후대로 전해지는 곳이다. 책을 통해 인간은 삶을 변화시키는 지혜를 얻을 수 있으며, 인간이 어떻게 살았고, 어떻게 살고, 어떻게 살아가야 하는가를 말해주는 곳이다.

시의 본질, 사회적 기능 등에 대해서는 많은 말로 설명되고 있다. 그런 여러 말을 일단 접어두고 내 의견을 말한다면, 시는 아름다움을 느끼게 하는 것이 아닐까 한다. 아름다움. 이에 대한 말도 많지만, 아름다움은 아름다움이다. 실용적이지도 않고 사회적이지도 않다. 그래서 사실 일상에서 아름다움은 별로 쓸모가 없다. 상품이 아니니 값이 나가는 것도 아니다. 그런데 아름다움은 인간을 따뜻하게 하고, 놀라게 하며, 비루하고 지리한 삶을 견디게 하고, 새로운 사회변혁을 추구하게 하기도 한다. 시는 아름다움을 담는 작은 그릇이다. 너무 큰 아름다움은 시가 아닌 다른 곳에 담아야 한다. 시가 작은 조각의 아름다움을 담는다고 하나, 그렇다고 하여 그 작은 조각이 쏘아내는 빛까지 여리다는 것은 아니다. 그 빛은 무엇보다 강렬하여 한번 쏘

이면 개인은 물론 시대의 가슴 한복판을 꿰뚫는다.

이반 일리치는 인류의 문명을 구원할 대안으로 자전거와 도서관 시를 들었다. 우리는 이 세 가지 가운데 무엇과 친한가? 기계문명 시대에 친하게 지내는 것이 한두 가지라도 있나 생각해 볼 일이다.

생명의 본질은 안정감

단가短歌 몇 곡을 배웠다.

단가란 판소리를 하기 전에 목을 풀기 위해 하는 짧은 노래다. 「춘향가」 옥중의 한 대목처럼 판소리 가운데 한 대목인 것도 있고, 「사철가」「강상풍월」「추억」처럼 특별히 만들어진 것도 있다. 나는 단가를 인터넷에서 배웠다. 휴대폰에 녹음하여 산에 갈 때나 혼자 있는 시간에 반복해서 따라불러 배웠다. 단가를 부르면서 한 가지 느껴지는 게 있었다. 음의 높고 낮음, 길고 짧음, 밀고 당김이 오묘하게 섞이어 하나의 곡을 이루는데, 그 사이사이에 일정한 법칙 같은 게 있다는 거다. 그 법칙이란 바로 '안정감' 곧 균형이다.

한쪽이 들어갔으면(凹) 다른 쪽이 나오고(凸), 앞 구절이 길면 뒤가 짧고, 음이 높았으면 그 다음엔 낮고, 꺾었으면 내지르고, 늘어졌으면 잡아채고, 이런 오묘한 변화가 전체적으로 곡의 안정감을 추구하여 이루어진다는 것이다. 계속 내지른다거나 계속 높기만 하다거나 계속 낮기만 한 경우는 없다.

이런 노래의 이치는 바닷물의 끝없는 출렁임, 높은 산과 낮은 들, 남자와 여자, 동물과 식물, 암컷과 수컷, 여름과 겨울 등 우주 만물의 변화 속에도 깃들어 있다. 이렇게 볼 때 모든 생명은 안정감을 추구하고 있다 할 것이다. 아침에 둥지를 떠난 새가 저녁이면 다시 돌아오고, 바닷물도 잔잔해지기 위해 끝없이 출렁거린다. 사람의 일도 그렇다. 기쁘지도 슬프지도 않은 감각의 일렁임에서 벗어난 고요한 안정. 나고 죽는 일마저 그렇지 않은가? 이렇게 볼 때 '안정'은 사물이 추구하는 최고의 완전한 경지라 할 수 있다.

안정감은 우호적인 관계 속에서 느낄 수 있다. 서로가 서로를 따뜻한 기운으로 감싸줄 때 생명은 안정감을 느낀다. 타인과의 관계에서도 그렇고 나 혼자 있을 때도 그렇다. 자기 혼자 있을 때에도 그러려면, 나와 또 다른 '나' 사이가 좋아야 한다. 둘 사이 불화가 없어야 한다. 서로에게 지극한 상태가 아니면 안 된다. 사랑하고, 사랑받고 있다고 느낄 때 생명은 비로소 안정감을 느끼며, 이때 성숙의 도약을 이룬다. 가장 안정적인 상태일 때 생명은 자기 껍질을 깨고 나온다.

> 저수지에 빠졌던 검은 염소를 업고
>
> 노파가 방죽을 걸어가고 있다
>
> 등이 흠뻑 젖어들고 있다
>
> 가끔 고개를 돌려 염소와 눈을 맞추며
>
> 자장가까지 흥얼거렸다
>
> - 박서영, 「업어준다는 것」 중 1연

얼마나 놀랬겠는가, 저수지에 빠진 그 염소는? 그 염소를 등에 업고 노파가 둑길을 가며, 이따금 고개를 돌려 뒤를 돌아보며, 염소와 눈을 맞추고 자장가까지 불러 준다. 염소를 안정시키기 위해. 할머니의 등에서 차츰차츰 안정된 염소는 놀람과 긴장에서 빠져나와 어느새 잠이 들지도 모른다. 인간과 동물 사이의 따뜻한 유대가 피워올린 안정감이다.

우주 만물의 최고의 궁극적 질서는 안정감이다. 해와 달이 제 궤도를 벗어나지 않는 것도 바로 이 안정감 때문이 아니겠는가?

사랑하고

사랑받고 있다고 느낄 때

생명은 비로소 안정감을 느끼며

이때 성숙의 도약을 이룬다.

개미는
크지도
작지도 않다

개미를 두고 크다 작다 고 하는 것은 사람의 관점에서 보아서 그렇다. 개미는 크지도 작지도 않다. 사람이 비교의 관점에서 볼 때 크고 작은 것이다. 코끼리에 비하면 개미는 당연히 작다. 하지만 모래알에 비하면 개미는 크다. 비교할 때 크거나 작은 것이다. 코끼리도 마찬가지이다. 다른 것과 비교할 때 코끼리가 큰 것이지, 그 자체로는 크지도 작지도 않다. 코끼리는 코끼리일 뿐이다. 『채근담』에 이런 말이 있다.

“사람의 정이란 꾀꼬리 소리를 들으면 기뻐하고 개구리울음을 들으면 싫어하며 꽃을 보면 가꾸고 싶고 풀을 보면 뽑고자 하니, 이는 다만 형체와 기질로써 사물을 갈라(나누어) 봄이라. 만일 마음 바탕으로 본다면 무엇인들 스스로 하늘기틀 울림이 아니며 스스로 그 뜻을 펴는 것이 아니리요."

이 글에 대한 풀이를 책(조지훈 역)에 나온 그대로 옮겨본다.

"고운 목청은 듣기 좋아하고 시끄러운 소리를 싫어하며, 아름다운 꽃은 가꾸고 싶고 잡풀은 뽑고 싶은 것이 사람의 상정이다. 이는 나타난 형체와 기질로 사람이 제멋대로 분별하는 까닭이니, 만일 사람이 인정의 사私를 버리고 천의天意의 공公을 본다면, 꾀꼬리 소리와 개구리 소리가 다 천연의 묘기妙機(묘한 기틀)에서 나온 줄 알 것이요, 꽃이 피고 풀이 우거지는 것도 모두 생육의 뜻을 폄에는 다름이 없다. 본성의 천의天意에서 본다면 일체는 평등하여 미추, 선악, 시비의 차별이 없다. 차별 없는 이 본바탕을 밝히고, 형태와 기질에 따르는 편견을 버리라."

이 글 가운데 나를 다시 일깨운 구절은 “본성의 천의天意에서 본다면 일체는 평등하여 미추, 선악, 시비의 차별이 없다.”이다. 그러나 우리는 그렇지 못하다. 모든 것을 비교의 관점에서 본다. 우리 사회가 경쟁 사회라서 더 그렇기도 하지만, 사람은 배우기 이전 태어나면서 비교의 눈을 가지고 태어나는 것 같다. 사람의 몸, 심지어 신체 부위 하나하나도 비교한다. 가정환경, 성적, 직장, 건강, 수명, 정력 등 눈에 띄는 것은 모두 비교한다. 그리하여 얻는 것은 열패감과 상처뿐이다.

나는 다른 무엇이 아닌 ‘나 자신’일 때, 비교의 함정에서 벗어난다. 그리고 인생을 사는 데 그만한 배짱은 있어야겠다. 개미가 개미로 사는데 코끼리 니가 뭐 해준 거 있어? 이런 옹골찬 기개가 필요하다는 것이다. 세상의 절망에 빠지지 않고, 설사 빠졌더라도 엉금엉금 기어나오게 하는 힘, 그것은 비교의 시선에서 벗어났을 때 길러진다. “좋겠다. 넌 못 생겨서.” 누가 그러면 “그래 고마워. 너도 만만찮거든.” 이런 상큼한 대응이 세상을 대차게 건너게 한다.

자립이란 의존하는 것이다

자립이란 말 그대로 홀로 서는 것이다. 공자는 나이 30을 '이립而立'이라 하여 가정과 사회의 기반을 닦아 학문의 기초를 확고히 하여 뜻을 세우는 나이로 보았다. 요즘 세태로 본다면 참으로 어려운 말이 아닐 수 없다. 가정과 사회의 기반을 어떻게 나이 30에 닦는단 말인가? 그러나 어쨌든 자립한다는 것은 사람이든 동물이든 필수적이며, 자립을 통해 하나의 완전한 개체(독립체)로 서게 된다.

우리는 흔히 자립하면 누구의 도움도 받지 않고 모든 일을 스스로 혼자의 힘으로 헤쳐나가는 것으로 알고 있다. 그러나 조금 더 생각해 보면 그렇게 혼자 해결해나갈 일이란 거의 없다. 일본 사람 야스토미 아유무는 그의 책 『단단한 삶』에서 이렇게 말하고 있다.

> "자립한 사람은 혼자서 무엇이든 할 수 있는 사람이 아니라, 자기가 곤란하면 언제든지 누구에겐가 도움을 받을 수 있는 사람이고, 그러한 인간관계를 잘 관리하는 사람이다."

이 말이 의미 있게 다가오는 이유는 "자기가 곤란하면"이라는 말이 들어 있어서다. 누구나 살아가는 동안 여러 '곤란'에 맞닥뜨릴 수밖에 없다. 침대를 옮기고 싶은데 무거워 혼자 하기 어렵고, 창문에 커튼을 바꿔 달고 싶은데 창틀이 높아 혼자 하지 못한다. 등이 아파 파스를 붙이고 싶은데 팔이 닿지 않아 붙이기 어렵고, 거실 등을 교체하고 싶은데 커버가 무거워 혼자 하기 어렵다. 이렇게 사람은 살다 보면 크고 작은 '곤란'과 마주하게 되는데, 이런 때 진정한 자립은 누군가에게 도움을 잘 받는 것이고, 그러기 위해 평소에 인간관계를 잘 관리하는 것이다.

이러한 자립을 보는 관점은 내가 있어 네가 있는 게 아니라, 네가 있어서 내가 있다는 인간관에서 온다. 이 말은 참 중요하다. 이 세상에 내가 있어서 네가 있는 게 아니라, 네가 있음으로 하여 내가 있게 된다는 것이다. 한 마디로 나보다 너가 더 중요하다는 말이다. 그러니까 모든 사물을 대하는 관점이 나라는 주체가 중심이 되지 않고, 너라는 객체가 중심에 놓인다는 것이다. 세상에서 나를 뺀 나머지 모두는 너이니까 말이다.

의존하는 자립은 나를 중심에 두고 생각하는 것이 아니라, 내가 곤란할 때 도와줄 너를 중심에 놓고 생각하는 개념이다. 이는 우리가 그동안 생각해온 자립과 정반대된다. 아무리 자립이라 할지라도 아무 관계가 없는 진공 속의 '나'의 자립은 없고, 너와의 관계 속에서의 자립이 있을 뿐이다. 곤란할 때 의지할 수 없는 자립은 곧 무너져 버린다.

우리는 곤란할 때 누군가에게 도움을 청하는 것을 부끄럽게 생각하지 말아야 한다. 진정한 자립은 함께 살아가는 속에서의 자립이다. 그것이 사는 힘이다. 관계를 모두 끊고 사는 혼자로서의 자립은 사는 힘을 키울 수 없다. 그런 힘은 곤란한 일에 부딪히면 금방 무너진다.

준비하고
기다려라

이런 시를 쓴 적 있다. 제목은 「인생은 기다림」.

> 인생이 무엇인지/ 말할 사람 있을까/ 인생이 무엇인지/ 알고 사는 사람 있을까/ 따지지 마라 그냥 살아라/ 사람들은 말하지만/ 인생은 기다림/ 크고 작은 일에 대한 간절한 염원/ 기다린다는 건 바라는 게 있다는 것/ 갯벌의 모시조개가/ 타는 갈증에 입을 내밀고/ 다시 바닷물이 들어오길/ 기다리는 오후처럼

당신은 인생을 무엇이라고 생각하는가? 이 시에서는 '기다림'이라고 한다. 이 시를 썼을 때와 지금은 시간 차이가 꽤 나지만, 지금 생각해도 인생은 기다림이라는 생각엔 변함이 없다. 기다린다는 것은 무언가를 기다리는 것이다. 아무 일도 하지 않고 기다릴 수는 없다. 어쩌면 인류 최초의 행동이 바로 기다림이었을지도 모른다. 사람의 행동에는 기다림이 따르니까. 닉 부이치치의 『허그』라는 책에 이런 말이 있다.

> "세상은 뿌린 만큼 거두게 되어 있다. 그 누구든 움직이지 않으면 수확을 거둘 수 없다. 앞으로 나아가든 휩쓸리든지 선택은 자신에게 있다. 삶의 기회, 또는 꿈으로 통하는 문은 언제나 열려 있다. 인생의 궁극적인 목표에 도달하는 길은 언제나 나타나게 마련이다. 그러므로 항상 준비를 갖추고 기다리라. 힘닿는 데까지 필요한 자질을 갖추라. 배워야 할 것이 있으면 열심히 공부하라. 아무도 문을 열어주지 않는다면 이편에서 문을 부수고라도 소망하는 인생을 손에 넣으라."

닉 부이치치는 팔다리가 없는 장애인으로 태어나 하느님을 믿는 가운데 오로지 자신의 도전과 노력으로 절망을 이겨낸 사람이다. 윗글에서 눈길이 오래 머문 곳은 "앞으로 나아가든 휩쓸리든지"였다. 준비하고 기다리는 사람은 앞으로 나아간다. 무엇인가 준비하는 행위가 없으면 휩쓸린다. 휩쓸린다는 것은 무엇인가? 바닷가 파도에 이리저리 휩쓸리는 모래 자갈 같음을 말한다. 자기 삶이 없이 외부의 힘에 끌려다니는 인생이다.

준비한 자는 기회가 왔을 때 당황하지 않는다. 오히려 주어진 기회를 반긴다. 자기 역량을 드러낼 때가 왔으니까. 그러나 바라는 것만으로는 변화가 일어나지 않는다. 구체적인 행동에 의한 준비가 되어야 한다. 그러고 나서 기다리는 일. 지루하지만 기다리는 힘을 기르면서 기다리는 일. 당신은 지금 무엇을 기다리는가?

기다리는 것이 있다면 당신 인생은 앞으로 나아간다.

걱정 끼치는 일

나는 경향신문에 실리는 이해인 수녀의 「詩 편지」를 즐겨 읽는다. 전에는 솔직히 수녀님 글을 일부러 찾아 읽은 적은 없다. 그런데 언제부턴가 신문에 수녀님 글이 올라와 그때부터 놓치지 않고 찾아 읽고 있다. 수녀님이 직접 고른 시와 그와 관련하여 쓴 산문을 깊이 음미하며 읽는다. 그러면서 드는 생각. 어쩌면 수녀님은 이렇게 아름다운 말만 하시지? 워낙 마음바탕이 고우신 데다 종교적 신성까지 더해져 그런가 보다, 생각한다. 그러던 차에 경향신문 2021년 3월 25일에 실린 「나무의 사랑법」이라는 글을 읽으며 그 궁금증에 대한 한

줄기 답을 얻을 수 있었다.

> "노년의 길에 들어서며 어쩔 수 없이 아픈 데가 많아지고 병원 출입도 잦아지는 요즘 '이번엔 세상의 모든 아픈 이들이 공감할 수 있는 통증 단상을 칼럼으로 쓸 거야.'라고 하니 옆의 수녀들이 독자나 친지들에게 걱정 끼치는 일이 될 거라며 말려서 잠시 보류하지만 언젠가는 통증에 대한 이야기도 잘 정리해 볼 생각입니다."

나는 이 글에서 이해인 수녀님이 쓰려고 하는 통증에 대한 글이, 왜 다른 수녀님들은 독자나 친지들에게 걱정을 끼쳐 드린다고 했는지에 대해 깊이 생각해 보았다. 왜 다른 수녀님들은 그렇게 생각하셨을까? 글에서 어두운 면 부정적인 면을 이야기하지 않을 수 없어서일까? 어둡고 부정적인 면이 오히려 인간적 진실을 드러내는데 더 큰 역할을 할 수도 있을 텐데. 밝고 긍정적이고 따뜻한 기운을 글로 쓰기에도 바쁜 터에, 굳이 그렇지 않은 어두운 면을 쓸 필요가 있나?

그러면서 나의 글쓰기에 대한 태도를 아울러 생각해 보게 되었다. 나는 그동안 밝고 따뜻한 면보다는 어둡고 차가운 내용을 글에 더 많이 담았다. 현실의 불합리한 면, 사회적 불평등 같은 큰 덩어리의 문제들을 글에서 많이 다루었다. 그러다 보니 글이 날카롭고 목소리가 컸으며 직선적이었고 내 뜻을 전하는 데에만 급급했다. 윗글에 나오는 대로 말한다면, 독자나 친지들에게 위안과 따스함을 건네지 못하고 "걱정을 끼쳐드리는" 글을 썼던 것이다.

이해인 수녀 곁에는 조언을 아낌없이 들려주는 다른 수녀님들이 계셨던 것이다. 그리고 이분들의 조언을 수녀님은 진정으로 마음 깊이 받아들였던 것이다. 이 아름다운 관계, 작가의 독단이 아닌 읽는 이와의 공감을 통해 형성되는 분위기 속에서 수녀님은 그동안 글을 쓰셨고, 그래서 수녀님만이 가질 수 있는 선함과 따뜻함과 위안의 목소리가 글에 녹아 있었던 것이다.

그렇다고 하여 작가로서의 이해인 수녀님 또한 자신의 길을 놓지 않는다. “잠시 보류하지만 언젠가는 통증에 대한 이야기도 잘 정리해볼 생각”이라는 말에서 그분의 마음 고갱이를 읽을 수 있다.

자기 생각이 있어야
자기 말이
나온다

'신언서판身言書判'이라는 말이 있다. 조선 시대 사람을 등용하는 기준으로 제시된 것이다. 원래 이 말은 중국 당나라의 과거제도에서 유래되었다고 한다. 요즘엔 이 말을 별로 하지도 않고 사람을 판별하는데 더이상 기준이 되지도 않지만, 의미하는 바는 크다.

신身은 몸이다. 그 사람의 외모와 외모에서 풍기는 풍채를 말한다. 요즘에는 외모가 다 잘생겼으니 더 말할 게 없겠다. 다만 성형을 너무 해서 자기만의 개성 있는 외모를 찾기 어려우니 그게 좀 아쉽다. 꿈을 실현하기 위해 어떤 일을 꾸준히 하는 사람은 눈동자가 빛이 난다. 그런 사람이 드문 게 안타까울 뿐이다.

언言은 말이다. 말은 이치에 맞고 정직해야 한다. 허튼소리를 하지 말아야 한다. 상대를 배려하지 않고 자기가 하고 싶은 이야기만 하면 안 된다. 말하기는 듣기와 동전의 양면이다. 동시에 이루어진다. 오히려 말하기보다 듣기가 더 중요하기도 하다. 진정한 말하기의 달인은 청중이 원하는 이야기를 하고, 상대의 말을 귀담아 듣는다. 무엇을 하든 인생에서 말의 중요함을 일찍 깨달아야 한다. 내가 보기에 문제의 80% 이상이 말에서 나온다.

서書는 글씨이다. 요즘 자기 글씨에 대해 신경 쓰는 사람이 거의 없어 보인다. 편지 엽서가 사라지고 있고, 휴대폰 문자, 컴퓨터 자판을 통해 일하고 의사전달을 하다 보니 손으로 글씨 쓰는 일이 거의 없다. 그런데 의외로 손글씨가 필요한 게 또 요즘이다. 국민의 힘 이준석 대표가 2021

년 6월 대전현충원 방문할 때 방명록에 쓴 글씨체가 논란이 된 적이 있다. 나도 보았는데 초등학교 저학년 수준이었다. 글씨 연습을 좀 해야 한다.

판判은 판단이다. 옳고 그름 사리를 분별하는 능력이다. 인생은 선택의 연속이고 선택하려면 판단을 해야 한다. 로버트 프루스트의 「가지 않은 길」이라는 시도 있지 않은가? 바른 판단을 하기 위해서는 올바른 가치관이 바탕이 되어야 한다. 어떤 판단을 하는가를 보면 그 사람의 가치관이 엿보인다. 신언서판 가운데 이 '판'이 가장 중요하다.

자기 생각이 있어야 자기 말이 나온다. 현대사회에서 각자 하는 말은 다 다른 것 같지만, 실은 한 사람이 하는 말이라 할 수 있다. 한 사람의 말이란 자본주의 사회에서 자본이 요구하는 말이다. 그런 말은 각종 광고를 통해 나타난다. 끝없이 소비하라는 말, 불안을 재촉하는 말, 시종일관 땍땍거리는 뉴스 진행자의 말 등.

자기 생각을 바탕으로 자기 말을 하는 사람이 드물다. 일제 강점기 시인이었던 백석은 이런 말을 했다.

> "시에서 자기의 세계를 찾을 때, 말도 또한 제 것이 생겨나는 것인가 합니다. 시에서 특히 어린이들의 세계와 관계되는 시에서는 그 말이 단순해야 하며, 소박해야 하며, 순진해야 하며, 맑아서 밑이 훤히 꿰뚫려 보이고, 다치면 쨍 소리가 나는 그런 말이어야 할 것입니다."
>
> - 1956년도 『아동문학』에 발표된 <신인 및 써클 작품들에 대하여>라는 글에서.

인생에서 말은 아주 중요하다. 자기가 하는 말을 지금 내가 무슨 말을 하고 있는지 자신이 알아야 한다. 자기 생각이 없으면서 하는 말은 남의 말이다. 남의 말은 화를 불러온다.

자기 생각이 없으면서 하는 말은

남의 말이다.

남의 말은 화를 불러온다.

시키는 일만 하면
개도
미친다

W.G. 제발트라는 작가가 있다. 독일인인데 주로 영국에서 살았다. 『현기증, 감정들』, 『이민자들』, 『토성의 고리』 같은 작품이 있는데, 난 솔직히 『이민자들』밖에 안 읽었다. 하지만 이 소설 하나만으로도 나는 제발트가 갖는 작가로서의 경지와 쉽게 접근할 수 없는 독특한 그의 세계를 충분히 느꼈다. 소설 『이민자들』에는 네 명의 이민자가 나온다. 내가 이 글에서 이야기하려고 하는 사람은 그 중 세 번째 인물로 나오는 암브로스 아델바르트이다.

그가 실존 인물인지 아닌지는 알 수 없다. 소설 속의 그는 팩트와 픽션이 뒤섞인 존재 같아 보인다. 이야기를 전개하는 서술자 '나'의 어머니의 외삼촌으로 나오는데, 이야기의 전개가 서술자의 기억과 암브로스가 생전에 기록한 비망록에 의지하고 있기 때문이다. 게다가 간간이 삽입되어 있는, 설명이 아예 없는 빛바랜 흑백사진과 기록들은 암브로스가 실존했던 인물일 가능성에 확신을 주기도 한다.

그런데 특이한 것은 이 암부로스의 일생이 한 마디로 자기 삶이 없는, 상전을 위한 '하인의 삶'으로 일관한다는 점이다. 그는 젊어서 부유한 은행가에 의해 고용되는데, 그가 맡은 일은 은행가의 아들 코모즈 쏠로몬의 개인비서로 일하면서 그를 감시하는 것이다. 코모즈가 워낙 방탕한 인물로 누군가가 옆에서 돌봐주고 행실을 바로잡아 주지 않으면 안 되기 때문이다. 암브로스는 당연히 코즈모의 일거수일투족을 감시하고 그의 곁을 그림자처럼 따라다닌다. 그러면서 어느덧 두 사람 사이에는 주인 - 하인이라는 상하 관계가 아닌 친구 이상의 관계로 발전한다. 그러다 코스모가 죽자 암브로스는 '자유인'의 길을 선택하지 않고, 다시 은행가의 집으로 들어가 그 집 관리인으로 살다, 은행가가 물려준 유산이 적잖이 있음에도, 코스모가 죽기 전 들어가 있던 정신병원에 스스로 걸어 들어가, 그곳에서 생을 마감한다.

시키는 일만 하면 개도 미친다는 말이 있다. '네 삶의 주인이 되라'라는 말의 다른 표현일 텐데, 실제로 자기 삶의 주인이 되어 사는 사람은 많지 않다. 고대 노예제 사회나 계급의 분화가 뚜렷한 봉건사회가 아닌 현대사회에서 많은 이들이 '자유인'으로 사는 것 같지만, 진정한 '자유인'과는 거리가 먼 게 사실이다. 우리는 자본의 굴레를 벗어나지 못하고 자본을 대변하는 각종 광고에 사로잡혀, 자본이 조장하는 불안과 피로에 묶여 있다.

암브로스는 죽을 때까지 주인을 따라 움직인 그림자였다. 그는 어떻게 하면 자기 자신의 생각과 행동을 죽이고

(혹은 감추고) 오로지 주인을 위해 살까를 고민했고, 실제로 죽기 전까지 그런 삶의 면모를 보여주었다. 결코 흐트러지지 않는 순종적 자세로 어떤 보상도 바라지 않은 채 주인을 위해 헌신하고 복종한 그의 모습 그 자체가 그의 정체성이었다.

우리는 물론 암브로스가 아니다. 우리는 모두 자기 삶을 살고 있다. 그러나 무언가에 사로잡혀 거기에 철저히 매여 있는 한 우리는 또 다른 암브로스일 수 있다. 사로잡혔다는 것은 매여 있다는 것이며, 그런 이상 그는 그것의 노예일 뿐이다. 나는 그렇게 보고 있다.

빈 마차

인간은 스스로를 숭고하게 여길 때 비로소 숭고해진다. 숭고하다는 것은 존엄하고 거룩하다는 것이다. 이 이야기를 하자면 포레스트 카터의 『내 영혼이 따뜻했던 날들』과 오래된 팝송 「인디언 보호구역」이 필요하다.

먼저 팝송부터. 나이가 좀 있는 사람들은 아마 거의 이 노래를 기억할 것이다. 미국의 레이더스가 부른 아주 경쾌한 고고(디스코 이전에 세계적으로 유행했던 춤) 리듬의 춤곡이다. 나 역시 고등학교 시절 뜻은 잘 모른 채 전축 판에서 흘러나오는 곡에 취해 몸을 흔들어댄 적이 있다. 그런데 이 노래에는 경쾌한 리듬과는 달리 체로키 부족의 비극적 역사가 담겨 있다.

1830년 미국은 인디언 이주법을 제정한다. 그에 따라 미국의 동부 지역인 테네시, 조지아, 노스캐롤라이나 등지에 거주하고 있던 체로키 부족은 1838년부터 허허벌판인 오클라호마 주로 강제 이주하게 된다. 7천여 명의 백인 정부군 기병대가 호위하는 가운데 1만 5천여 명의 체로키족은 1천 3백km를 걸어 보호구역으로 이주했다. 그 과정에서 추위와 굶주림으로 무려 4천여 명이 죽었다. 행진을 재촉하는 기병대 병사들은 시신을 매장할 시간조차 주지 않았다. 3일에 한 번씩 매장할 시간을 주었기 때문에 인디언들은 죽은 시신을 가슴에 안고 걸어야 했다. 『내 영혼이 따뜻했던 날들』에는 그 비참한 행렬의 모습을 아래와 같이 쓰고 있다.

> "남자아이는 죽은 여동생을 안고 걸었다. 남편은 죽은 아내를, 아들은 죽은 부모를, 어미는 죽은 자식을 안은 채 하염없

이 걸었다. 병사들이나 행렬 양 옆에 서서 자신들이 지나가는 걸 쳐다보는 사람들에게 고개를 돌리는 일도 없었다. 길가에 서서 구경하던 사람들 중 몇몇이 울음을 터뜨렸다. 하지만 체로키들은 울지 않았다."

그렇게 그들은 앞만 보고 걸었다. 그들의 행렬 뒤에 노새와 빈 마차가 따라 왔다. 정부군은 체로키족에게 노새와 마차를 타고 가도 좋다고 허락했다. 그러나 그 누구도 그것을 이용하지 않았다. 심지어 시신을 안고 갈지언정 노새나 마차에 싣지 않았다.

"Cherokee people, Cherokee tribe/ So proud to live, so proud to die/ They took the whole Indian Nation/ And locked us on this reservation/ though I wear a shirt and tie/ I'm still a red man deep inside."

가사에 "체로키 부족, 긍지에 살고 자랑스럽게 죽는다", "내가 셔츠와 타이를 입기는 하지만, 나는 아직도 가슴 깊이 인디언이라네" 와 같은 말이 보인다.

나는 지금도 이 노래를 들으면 '눈물의 여로'라 이름 붙은 죽음의 길을 어떤 감정의 동요도 없이 앞만 보고 걸은 체로키족들의 행렬이 떠오른다. 백인들이 알량하게 베푼 노새와 빈 마차를 거부한 채, 분노와 절망과 (백인에게 속았다는) 가책이 뒤엉켜 타는 눈빛과 꽉 다문 입술과 시신을 안고 한 걸음 한 걸음 걸음을 옮기는 그들의 강인한 팔이 생각난다. 지상의 그 어떤 모독에도 허물어지지 않고 자신의 존엄을 지켜려 했던 체로키족. 그들의 행렬을 뒤따르던 '빈 마차'.

인간은 스스로를 숭고하게 여길 때 비로소 숭고해진다.

꿈은 부정형으로 표현되지 않는다

사람은 자라면서 가족을 통해 자신의 인격을 형성한다. 가족 가운데 가장 큰 영향을 미치는 이는 아버지와 어머니다. 아버지와 어머니가 어떤 사람이었냐에 따라 그 사람의 원체험이 형성되고 무의식 형성에 큰 영향을 미친다. 요즘은 가족이 많이 해체되어 부모의 직접적인 영향에 놓이는 일이 덜하다 해도, 부모와 한 공간에서 같이 살든 안 살든 부모의 영향은 절대적이다.

흔히들 부모의 좋지 않은 점은 닮지 않으려고 한다. 아버지의 술버릇이 좋지 않은 집 아이들은, 나는 커서 절대 술을 마시지 않겠다고 다짐한다. 자라면서 아버지의 술버릇에 치가 떨렸기 때문이다. 마찬가지로 어머니의 잔소리에 귀가 녹을 지경인 집의 아이들은 나중에 커서 절대 누구에게 잔소리하지 않겠다고 맹세한다. 그런데 이런 아이들이 나중에 커서 나이를 먹으면, 그토록 미워하고 닮지 않으려고 했던 어떤 대상을 자기도 모르게 닮아가고 있다는 사실을 발견하고 경악하게 된다. 자기도 모르게 자기가 증오하던 그 대상이 자기 안에 자리 잡고 있다는 것을 알아채는 순간, 누구나 절망하여 망연자실하게 된다.

일본 사람 야스토미 아야무는 그의 책 『단단한 삶』에서 이렇게 적고 있다.

> "꿈은 부정형으로 표현되지 않는다. 아버지처럼 되지 말아야지, 이것은 꿈이 아니다. 왜냐면 그렇게 하면 아버지처럼 되기 때문이다. 그럼 어떻게 해야 하나? 아버지의 좋은 점만 본받아야지, 이렇게. 꿈은 즐겁게 꾸는 것이지 비장한 결의로 꾸는 것이 아니다. (~) 꿈은 실현하는 과정에 있다. 그

꿈을 달성하는 그 자체는 사실 의미가 없다. 그 상을 받았을 때 나는 한숨 돌렸다는 느낌밖에 없었다. 행복은 손에 넣는 것이 아니라 느끼는 것이다."

위 말은 인간이 어떻게 변화 발전해 가는가를 살펴볼 중요한 단서가 된다. 우리의 내면 성장은 다른 생명체와 같이 물 흐르듯 자연스런 과정을 거쳐 발전함을 알 수 있다. 따뜻한 햇볕 속에서 적당한 온도와 습도 그리고 바람과 기다림의 격려 속에서 만물이 자라듯, 우리 인간도 그러하다는 것이다. 그러한 생명의 발전 원리를 "나는 절대 ~~이(가) 되지 말아야지"와 같은 부정의 둑으로 막아놓으면, 그것은 강박이 되어 생명은 흐르지 못하고 고이거나 썩는다. 부정하면 자기도 모르게 그 부정한 것과 같이 되고 만다. 생명의 원리는 태양을 향해 뻗어 나가는 덩굴처럼 앞으로 나아가는 것이지, 저지 혹은 단절의 둑에 갇혀 멈추는 게 아니다.

~~하지 말아야지가 아닌, ~~해야지가 생명의 발달

원리이다. 이렇게 따뜻함, 평화로움, 고요함과 안도감 그리고 기다림 속에 생명은 앞으로 뻗어 나가는 촉수를 갖는다. 봄이 되어 검은 땅에 돋는 연둣빛 싹을 보라. 싹 주위를 감싸고 있는 봄 햇살, 살랑대는 미풍, 촉촉이 내린 봄비, 그리고 숲의 고요함, 고요함과 고요함 속에 깃든 봄날의 평화가 여린 싹을 마음껏 돋아나게 한다.

부정을 바라보면 부정을 닮게 된다.

생명의 원리는
태양을 향해 뻗어나가는 덩굴처럼
앞으로 나아가는 것이지,
저지 혹은 단절의 늪에 갇혀
멈추는 게 아니다.

보는 것이 관계 맺음이다

사람의 일생은 관계에서 시작해서 관계로 끝난다고 해도 지나치지 않다. 그만큼 관계 속에 산다는 것은 물고기가 물에 사는 것과 같다고 할 수 있다. 관계가 늘 평탄한 것은 아니다. 파탄나는 수가 있고 그러다 다시 이어지는 수도 있다. 사람들하고만 관계하는 것은 아니다. 인간은 자기 자신이 자신과 맺는, 타인과 사회 국가와 맺는, 자연과 맺는, 가상현실과 맺는, 신(종교)과 맺는 관계 속에 살아간다.

관계는 보는 데서부터 시작된다. 본다는 것은 그것을 알아가는 시작이다. 본다는 것은 만남을 전제로 한다. 인간 관계도 처음 보는 데서 시작된다. 『맹자』「곡속장」에 나오는 이야기다.

> "제나라 선왕이 대청 위에 앉아 계실 때 소를 끌고 대청 밑을 지나가는 자가 있었다. 왕께서 이것을 보시고 물으시기를, '소는 어디로 가는 것인가?' 소를 끌고 가는 자가 대답하기를, '釁鍾흔종을 하는데 쓰려는 것입니다.' 왕께서 말씀하시길 '놔줘라. 나는 차마 소가 몸을 떨면서 죄 없이 죽는 마당으로 끌려가는 것을 볼 수가 없다.' 그러자 대답하여 말하기를 '그렇다면 흔종하는 일을 그만두어야 할까요?' 왕께서 말씀하시길, '어떻게 그만둘 수 있겠는가. 양과 바꾸도록 하라.'"

흔종이란 종을 새로 만들 때 소를 잡아 그 피를 바르는 의식이다. 그런데 선왕은 죽으러 가는 소 대신 양으로 바꾸어 흔종하라는 것이다. 죽으러 가는 소가 무서워 몸을 떨면서 가는 것을 차마 보지 못하겠으니 소 대신 양을 잡아 혼종 의식을 치르라고 했다.

그런데 여기서 한 가지 문제가 생긴다. 소는 불쌍하고 양은 그렇지 않은가의 문제다. 이에 대해 맹자는 이렇게 말한다. 소는 왕이 직접 '보았고', 양은 보지 못했다고. 다시 말해 직접 봄으로써 소는 왕과 관계를 맺었고, 양은 그렇지 못하다고. 그 속에는 소는 보았고 만났고 그리하여 알게 되었는데, 양은 그렇지 못하다는 지각하는 과정이 깔려 있다.

우리는 봄으로써 그 대상과 관계를 맺는다. 봄으로써 그 대상의 세계 속에 들어가 대상의 일부가 된다. '사랑의 7단계'라는 것이 있다. 1단계 I meet you, 2단계 I think you, 3단계 I like you, 4단계 I love you, 5단계 I want you, 6단계 I need you, 7단계 I am you.

사랑의 시작은 만남, 즉 meet에서 시작된다.

우리는 눈이 있어서 보는 게 아니라 어쩌면 보기 때문에 눈이 있는지도 모른다. 보는 것이 그만큼 중요하다는 말이다. 보는 것에는 구체적인 사물을 보는 것 외에 눈에 보이지 않는 것을 보는 것도 있다. 존재의 확장이란 보는 것 곧 시야의 확장이다.

넓게 볼수록 인생도 넓어진다.

우리가 북극성을 바라봄은
북극성에 가려고 해서가 아니다.
잃은 길을 되찾아
우리의 목적지에 가기 위해서다

틱낫한 스님은 우리에게도 잘 알려진 베트남 출신 스님이다. 나는 스님의 강의를 유튜브에서 보았는데, 불교의 진수를 몸으로 체득하여 그것을 일반 대중들에게 알기 쉽게 전하는 데 놀랐다. 깊은 명상에서 우러나온 말씀 한마디 발걸음 하나하나에서 사랑으로 평화를 실현하려는 그분의 뜻이 전해져 왔다.

그분이 쓰신 책에 『살아 계신 붓다, 살아 계신 그리스도』라는 책이 있다. 불교와 기독교의 종교 간 화합의 차원을 넘어 모든 종교는 하나로 통한다는 그분의 깨달음을 적시해 놓았다. 이 글의 제목은 그분의 책에 나온 말을 그대로 쓴 것이다.

"우리가 북쪽으로 가려 할 때, 비록 북극성 자체에 도달한다는 것은 불가능한 일이지만, 그 북극성을 보고 우리의 방향을 그쪽으로 잡아나가는 것과 같습니다. 우리가 먼저 우리 자신들 속에 참된 조화를 이룩한다면, 우리는 가족, 친구, 우리들의 사회에 대하여 어떻게 행동해야 할지 알 수 있게 됩니다."

내가 이 글에서 눈길을 멈추고 깊은 사념에 빠진 것은 북극성을 바라보는 일이 그것을 기준으로 각자가 가고자 하는 목적지에 가기 위함이라는 것이었다. 각자 가고자 하는 목적지! 인생을 살면서 내가 도달하고자 하는 목적지는 무엇인가? 앞으로 남은 내 생애에 그 목적지에 도달할 수 있을까? 지금 나는 얼마만큼 그 목적지에 가까이 왔나? 그 목적지를 향해가고 있는 내가 가지고 있는 자산(에너지)은 부족하지 않은가? 자산이라면 무엇이 있을까? 건강, 가족, 인간관계, 경제상태, 재능, 그 일에 대한 열정, 남은 시간, 헌신하고자 하는 태도 등.

우리에게는 각자 도달하고자 하는 인생의 목적지가 있다. 그 목적지에 도달하기 위해 전체적으로 상황을 파악할 수 있는 안목이 필요하다. 뿐만 아니라 장시간에 걸쳐 유지되어야 할 방향이 있어야 하고, 그때그때마다 상황에 맞게 좌표를 설정하는 용기가 있어야 한다. 시간을 세분화하여 계획을 구체적으로 세워야 한다. 그런 작은 실천들이 쌓이고 이어져, 점이 모여 선을 이루듯, 과거와 현재가 이어져야 한다. 그리고 그 선은 미래에 놓인 목적지로 가닿아야 한다. 집을 사기 위해 돈을 모으는 일도 그렇고, 관계 속에서 사랑을 나누는 일도 그렇고, 평화주의나 생태 환경 같은 고귀한 가치를 실현하는 일에서도 그렇다.

가고자 하는 목적지가 없는 사람은 잃어버릴 방향도 없고 바라보아야 할 북극성도 없다. 캄캄한 밤바다를 앞뒤 없이 한자리에서 맴도는 밤배 같으니까. 그러나 사람은 그런 밤배 같은 사정에 놓일 때도 있고, 또 그곳에서 벗어나 제 길을 가기도 한다. 처음부터 끝까지 한자리에 박혀 녹이 슬어가는 못 같은 사람은 없다. 그러기에 인간의 삶에는 희망이 있고 목적지가 있고 밤하늘 멀리 바라보는 눈길의 끝 북극성이 있다.

우리는 우리의 목적지에 가기 위해 북극성을 바라보는 것이다.